此岸過ぎ迄

石倉 潤一

文芸社

「秋子、ちょっと来てくれないかね！」

秋子は寝室から夫の呼ぶ声がしたので、玄関で靴磨きをしている手を止めた。

「あなた、どうかしまして⁉」

「兎に角ちょっと来てくれないか！」

秋子は怪訝な顔をして、足早に寝室に行った。

「この柄物のワイシャツのことなんだが、せっかくアイロンを掛けてもらったんだがね、申し訳ないがすぐ真白いワイシャツにアイロンを掛けて欲しいんだ。」

「でも、いつもあなた柄物でも何もおっしゃらないので、今日もいつも通りでいいと思いまして……」

「済まない、会社最後の日くらい真白いワイシャツを着た方がいいと思ってね……」

「判りました、それでは五分程待って下さい。」

国広は程なくアイロンを掛けたばかりの白いワイシャツを着ていた。赤と紺のストライプのネクタイを締め、紺のスーツに身を包む。そして、明日からもう行かない会社へと向ったのだった。

秋子はマンション一階の玄関から外へ出て、小さな声で「あなた、いってらっしゃい」と呟きながら、国広の後姿をじっと見詰めていた。秋子は浮かぬ顔をしていた。『これから先、夫婦二人でどう暮らして行ったらいいのかしら……』と、物思いに耽るのだった。

幸い子供達二人は職に就いている。そこそこの暮らしもしている。だからそれはそれでいい。子供達に任せておけばいいことだ。問題は何と言っても自分達二人のことだ。夫が六十歳で会社を無事定年退職するのは結構だが、年金が出る迄の十五年間どう暮らして行ったらいいのだろう。これ程深刻な不況の折、第二の就職先は簡単に見つからないに違いない。思い起こしてみれば、あれやこれやで随分子供達にもお金を使った。残念ながら十分な蓄えも無い。マンションの内装の傷みもひどく大幅な改修は避けられないだろう。そんなことを悶々と考えていた。そして、ふと我に返って面を上げると、既に夫の姿は視界から消えていた。秋子は深い溜息をついて屋内に戻った。

秋子は十五年前の我が家のことを思い出していた。確かにあの時も苦しかった。しかし、今の二人を取り巻く環境はもっと厳しい。昔の方がまだまだ随分ましだった。こんなことではうかうかと老人然としてもいられない。兎に角、年金が出る迄の十五年間の生活を凌ぐために手を打たなければならない……。

丁度その頃国広は吊り革にぶら下がりながら満員電車に揺られていた。国広は国広で複雑な思いに浸っていた。実は秋子と同じことを憂えていたのだ。

一体俺はどうしたらいいというのだろう。マンションに吹きつける風にでもなってみようか。しかし、がっしりしたマンションのドアなどびくともしないではないか。完全密封状態だから、隙間風が入る余地がない。高齢者に簡単に職が空いているはずもあるまい。

国広は会社に辿り着くと、今迄経験したことのない疲労感に襲われた。自分のデスクにやって来て頭を抱えて眼を瞑った。しばらくして、眼を開くと、先週金曜日の消しゴムの屑がそのまま残っていた。だが、国広のボックスには一枚の書類も入っていない。先週末迄に仕事を全て片付けてしまっていたのだ。

「あら、浩一？　どう、何とか頑張っている？　お父さんとお母さんは元気よ。」

「心配しなくていいよ。それよりお袋、実はいい話があるんだ。」

「いい話？」

「ああそうさ。『ぬくもり就職相談事務所』っての知ってるかい？　開設されて以来大変な人気らしい。いっぺん親父に話してみて欲しくて。案外いい再就職先が見つかるかもしれないから。」

「あらそう。それで場所は何処なの？」

「東区役区所の向って右手に磯崎ビルという超高層ビルがあるんだけど、その百三十六階が会場になっているという話だ。」

「東区役区所前といったら、うちのマンションへ来る表通りのバス停から行けるわね。」

「ああ、少し遠いのが難点だけれども。」

「おいおい、お前一体誰と電話しているんだい。」

「あなた、ちょっと割り込まないで下さい。浩一、ごめんなさいね、お父さんが割り込んで来るものですから。」

「どうやら親父も関心がありそうだね。それとなく話してみてよ。今日の電話はそのことだけ。電話切るよ。じゃあ元気で、また。」

秋子は受話器を置くと、国広に真面目な顔で話し出した。

「あなた、聴いて下さる？」

「どういう話なんだ？」

「実は、あなたの再就職のことなんですけれど……」

「ちょっと待ってくれないか、その話は。」と、国広は反射的に答えた。

「今定年退職したばかりなんだよ。悪いが、まだそのことだけは考えたくないんだ。しばらく、ぼうっとさせて欲しい。」

「その通りなんですけど、こういうことは早め早めに対処しておいた方がいいかと思いまして……」

そこで二人の対話が途切れた。国広は考え始めた。秋子の言っていることは正論に違いない。その正論を前にどう答えたらよいのだろうか。仕舞に国広は自己矛盾のために悶々としてしまうのだった。国広はちらりと腕時計を見た。

「あなた、コーヒーでも飲みませんか？」

「う、うむ……、そうだなあ……」

「それでは入れて来ますわ。」

十五分程すると、秋子がお盆にコーヒーを載せてリビングにやって来た。

「わたしはミルクを入れますが、あなたはブラックでよかったですわね。」

「ブラック？　ああ、ブラックで構わないがアイスコーヒーが飲みたくなってしまったよ。」

「それでは、氷とグラスを持って来ましょう。」

国広は秋子の後姿を見ながら、尚もどうしたものかと考えていた。

「あなた、はい、氷とグラス。」

「ああ、有難う。ところで、お前の言っていた再就職の話だけれどね、もう少し詳しく話してくれないか？」

「構わないとおっしゃるのですか、あなた。」

「実は、俺もそのことがずうっと気になっていたんだよ。」

「本当に構わないとおっしゃるんですね？」

「逃げたい話だが、そうも言っておられんだろう。」

国広は先ずグラスに氷を五、六個入れ、氷の上からホットコーヒーをゆっくり流し込んだ。

「浩一が言うには、東区役区所隣りの磯崎ビルという所に『ぬくもり就職相談事務所』というものが開設されているという話なんですけれど……」

「遠いね、二時間半はかかるよ。」

アイスコーヒーを飲みながら国広は再び腕時計に眼をやった。十二月十一日午前九時であった。

「あれこれ考えても仕方がない。どうだい、その『ぬくもり就職相談事務所』とやらに行ってみようじゃないか、楽な気分でねえ。」

それを聞いた秋子はすぐさま化粧台のある寝室へ急いだ。一方、国広は楽な気分のままで、さらさら着替える気持ちはなかった。ひょいとショートホープを口許に運んで、百円ライターで火を点けた。そいつを喫いながら秋子の支度を待っていた。『遅いじゃないか』と思いながら三本目のショートホープに火を点けた時、秋子が寝室のドアを閉める音がした。グレーのブラウスに紺のスカート姿である。トパーズの頸飾りに、胸にはセピア色のブローチをしている。濃いグレーのコートを左腕に携え、右手に少し厚めの黒い革ジャンバーを持って来た。

「お待たせしました。外は大分寒いでしょうから、この厚手の革ジャンでも着て下さい。」

「もう九時半だ。今時分バスがすぐ来るだろうかね？」

「大丈夫でしょう。ああ見えても、一応は表通りですから。」

「そうか、それじゃ行くとしようか。」

四半時もバス停で立っていると、バスがやって来るのが見えた。

「秋子、この分じゃ東区役区所前に着くのは十一時半過ぎだ。近くにレストランでもあると便利なんだがね。」

「区役所前ですしねえ、磯崎ビルって超高層ビルらしいですから、近くにレストランやお蕎麦屋さんでもあるんじゃないかしら。」

「そうか、そいつはいい。先ず腹拵えしてから磯崎ビルとやらに行くとしようか。」

「そうですね。」

ジャンバーから、ピンクのカラーシャツの明色が大気に染み透って、黒い革靴の爪先に映えている。グレーのスラックスの膝株の上には煙草の灰がこぼれついていた。灰がこぼれたのを気付かずにいたのだろう。

秋子は考えていた。そう簡単に就職先が見つかるはずもないだろう。しかし、夫には申し訳ないが、適当な職が見つかる迄、何遍でも足繁く磯崎ビルに通ってもらわなくてはいけない。これは現実が要求することだと判っていながら、秋子は『わたしは何て冷酷な女だろう』と責めていた。

「秋子、何をぼんやりしているんだ。このバスは後ろから乗るんだぞ。整理券を二枚取って、座席の前の方へ行ってくれ。」

国広にそう言われて、はっと我に返った秋子は、夫に促されるまま、整理券を二枚取ってバスの前部座席の方へと進んで行った。乗客は少ない。秋子は二人座席の窓側に座り、国広は通路側に座った。街路樹の黄葉と落葉が美しい。

「今日は少し暖かい方ですわね。」

「暖かいとは言え、もう十二月も中旬だ。どうしても、コートかジャンバーぐらいは着ないとね。実際、バス停で十四、五分も突っ立っていたら寒くなって来てしまった。」

「でも、東区役区所前に着く頃には、ぽかぽか軀が温まっているのじゃないかしら。車内は暖房が利いていますものね。」

『東区役所前!!　東区役所前!!　毎度御利用有難うございます。お降りの方は、お忘れもの、落としもののないようお気を付け下さい。御乗車有難うございました。』

「やっと着いたか。」

「あなた何を食べましょうか？」

と、秋子が国広に話しかけ、国広が先頭になって二人は降車口から車外へ出た。

「ほら、お前が言ってた蕎麦でいいよ。それからね、食後は喫茶店でコーヒーでも飲もうじゃないか。」

「コーヒーは構わないんですけれど、あなた、また、アイスコーヒーだなんておっしゃらないでしょうね。」

「もうそんなことは言わないよ。」

「あら、右手にラーメン屋さんがありますわ。ラーメンでも構いませんか？」

「俺は、別に構わんよ、お前がいいんだったら。」

「それでは、横断歩道を渡りましょう。」

そろって横断歩道を渡り始めると、超高層ビルの一階の出口からどっと人が溢れ出て来た。

「あらっ、あなた、あの方達みな『ぬくもり就職相談事務所』に来た人達かしら。」

「そうかもしれないね。それがどうかしたかい？」

「あんなに大勢の人達が来ていたなんて……」

「心配しても始まらんだろう。さあ、ラーメンでも食べようじゃないか。すべてはそれからだ。」

二人がラーメン屋に入ってまもなく店が混んで来た。見廻した限りでは、若い客が一人もいない。国広と同年輩の客ばかりだった。そして、みなスーツ姿である。

「あなた、スーツを着て来た方がよかったんじゃないかしら。」

「そんなに周囲に惑わされるんじゃない。そりゃ、そうした方にこしたことはなかったろうが、人生第二の就職先を探すのに、あまり神経質になる必要はないさ。気張らないで行ってみようじゃないか。」

国広はそんなことを言うが、秋子には周囲の真剣そのものの態度があまりにも威圧的に感じられた。そのせいで秋子はラーメンを気忙しく食べていた。

「秋子、もっとよく嚙んでゆっくり食べなさい。」

「ええ、はいはい。」

「ここのラーメン、会社の近くのラーメン屋とは大違いだ。鶏のだしが利いていてなかなかうまいじゃないか。」

「わたし、邪魔だったかしら……」

「どうして？」

「あなたの再就職のことで、わたしなんか一緒に来てしまって……」

「今回は下見だけじゃないか。お前もどういう所か知りたかったのじゃないのかね？」

「そうなんですけれど……」

「それなら構わないじゃないか。次回からは俺一人で来る訳だし、あまり思い詰めるんじゃない。」

「でも……」

「別に会社訪問に来たんじゃないし、俺達二人の問題なんだから、今回お前が一緒に付いて来たって不思議でもなんでもないさ。」

店外に行列が出来て来た。みなコートを着ていない。左腕に携えていたのだ。

しかも、眼光は鋭かった。

「おあいそお願いします。」

「へえ〜い。」

「そろそろ出よう、秋子。」

「そうですね。」

「お客様、二千円になります。」

「一万円札だが、構わないかね？」

「結構でございます。」

「それじゃ、これでお願いだ。」

「八千円のお返しとなります。有難うございました。」

「御馳走さま。」

「前を失礼。」

二人はラーメン屋を出た。十二時半であった。

「あなた、取敢えずこの辺を歩いてみませんか？　近くに喫茶店があるでしょうから。」

「それじゃ右手の方に行ってみようか。」

「磯崎ビル真向いの方になってしまいますから、左手の方にいたしましょう。」

二人は左の方へ、左の方へと歩いて行った。すると、『奈々子』という看板が見えて来た。

「あなた、喫茶店じゃないかしら。」

「多分。行ってみよう。」

「今何時かしら？」

「ええと、十二時三十六分だ。」

「急ぎましょう。」

『奈々子』に辿り着いた秋子は小走りで階段を上がり、中を覗き込んだ。客はあまり入っていない。秋子は頷いた。国広は秋子の後を追って『奈々子』に入った。

「何処にしましょうか？」

「隅でいいじゃないか。」

「では、奥の方で。」

「俺は壁側の方へ座るとしよう。」

「注文しに行きますから、座って待ってて下さいな。」

「アメリカンをたのむ。」

「判りました。わたしもアメリカンにします。」

するとボーイが水を持ってやって来た。

「お客様、御注文決まりましたでしょうか？」

「丁度いいわ。お水は入りません。アメリカン二つ、至急お願いね。」

「かしこまりました。しばらくお待ち下さい。」

国広は煙草に火を点けた。紫煙が小刻みに揺れながら立ち昇る。秋子はその煙をじっと見ていた。煙はずっと上に行くとゆらゆらと大きく揺れて四方に消え去って行く。国広がフウッと煙を吐き出した。すると白煙は喚き声を上げながら飛散して行った。

「あなた、どうして煙草を喫うのですか？」

「それは煙草を生きものにするためさ。」

「生きもの？」

「そうだ、短い人生を送ってもらうんだよ。」

「あなた、そんな一本の煙草の一生をどうお感じになって？」

「蟬の一生より実に短くはかないものだと思う。」

「もしあなたがその一本の煙草に火を点けなかったら?」

「煙草の生が始まらない。」

「その方がいいんじゃないかしら。」

「生きる喜びを知らせぬまま、葬り去れと言うのか?」

「あなた、それでは煙草に生を与えておきながら、煙草の意志——もしそのようなものがあったらのことですけれど——それを無視して煙草の生を奪い去ることに何の痛みもお感じにならないのですか?」

「何を言い出すのかね、急にお前は。そんなことを言うお前自身こそ、自分の生まれて来たことに憎しみでも感じているのかね?」

「それはわたしの知らない次元の問題ですわ。」

「じゃあ、煙草だって同じことだよ。」

ボーイがやって来た。

「お客様、大変お待たせ致しました。アメリカンお二つでございます。」

「有難う。」

「あなた、今何分かしら?」

「十二時五十分だよ。」

「早く戴きましょう。」

「そうだな。」

二人は背中を屈めてアメリカンを啜った。窓が曇っている。外が寒くなって来たらしい。人気も疎らだ。

「あなた、行きましょう。急いで。」

コートを着ている秋子を通り越して、国広は革ジャンを着ながらレジの方へと進んで行った。

「いくらだね?」

「千五百円でございます。」

「じゃあ、千円札二枚だ。」

「五百円のお釣りでございます。有難うございました。」

二人は『奈々子』を後にした。

「あなた、渡りましょう。」

何処からともなく年輩の男達が現われて来た。国広と秋子は早足で磯崎ビルへと向った。やがて、磯崎ビルの入口の所へやって来た。

「会場は何階かね？」

「百三十六階ですわ。」

ビルの中へ入ると、四本のエレベーターの前に列が出来ている。まるで学生の会社訪問並みの仰々しさだ。国広は、小さいエレベーターの中へ入って行く男達の姿を見ながら、キリキリと音を立て歯噛みをした。

「秋子、次のエレベーターを待とう。」

「でも、手前のエレベーター、詰めて戴いたら乗れるかもしれませんわ。」

「構わん、次のエレベーターにしよう。」

「判りました。」

秋子は夫の気持ちが判らないでもなかったので、それ以上のことは何も言わなかった。ただ、少しでも早く百三十六階の会場に行った方が、職の見つかる可能性が高いだろうにと思っていた。

「まだかしら、エレベーター。」

「じきに来るさ。」

二人が二言三言会話を交しているうちに、後ろに列が出来ていた。すると、真後ろのエレベーターの扉が開いた。

「あら、あなた、後ろのエレベーターの方に並んだ方がよかったかしら。」

「馬鹿言え、たかだが一、二分の差じゃないか。」

国広がそう言った途端、今度は真後ろの隣のエレベーターの扉が開いた。男達がぞろぞろ入って行く。

「こちらのエレベーター遅いですわねえ。」

「こういうこともあるものだよ。」

だが、国広の並んでいるエレベーターの扉は開かない。皮肉なことに、その隣のエレベーターの扉が開いた。国広の後ろに並んでいた男達が痺を切らしたように思い思いに別のエレベーターの前に並んだ。その時である。ビルの従業員らしき若い女が小走りで国広の前にやって来た。そして、眼の前のエレベーターの扉に、『エレベーター故障中』の貼り紙をした。

「馬鹿野郎、ふざけた貼り紙するな!」

と、国広は声を荒げて女に言った。

「お客さん、お言葉ですが、わたしはこんなものを貼りたくて貼っている訳ではありません。ビルの管理人の指示に従ったまでのことですよ。くれぐれも誤解なさらないで下さい。」

「君に訊くが、このエレベーターを壊したのは誰だ!　俺達は二十分以上も待っているんだぞ！」

「お客さんには少し冷たい言い方になってしまいますが、故障そのものは少なくともわたしの知らない次元の問題です。」

「君の知らない次元の問題だからと言って、それで事を済ませる気かね!?」

「お客さん、誤解なさっては困ります。お客さんの話を聴いていますと、まるでこのわたしがエレベーターを故障させた張本人だと言わんばかりではありませんか。」

「あなた、もうよして。真後ろのエレベーターの方に並びましょうよ。」

二人が振返ると、そこには既に長い列が出来ていた。国広は怒りが込上げて来るのを覚えた。やがてエレベーターの扉が開くと、男達は争うように中へ入って行く。国広と秋子もエレベーターに乗ろうとした。だが、二人が乗ると重量超過のブザーが鳴るのである。

「なんだ、このエレベーターは！」

「あなた、次のに致しましょう。」

国広の唇が顫えていた。秋子が後ろを振り向くと男達がずらりと並んでいる。次から次へと現われる男達の多さに、秋子は圧倒されそうになっていた。すると、斜め後ろのエレベーターの扉が開いた。一瞬溜息の声が辺りに広まった。そして、他のエレベーターの後ろの方に並んでいる男達が舌打ちをし出した。秋子は自分達二人はまだましだと考えていた。だが、国広の唇の顫えは止まっていない。

そうこうするうちに、国広の列の隣りのエレベーターの扉が開いた。残念ながら、依然として国広の並んでいるエレベーターの扉は開かなかった。再び後ろの方から「アーッ」という溜息と舌打ちの音が聞こえて来た。

事もあろうに折も折、ビルの若い女従業員が小走りでまたもや国広の前にやって来た。そして、事務的に『エレベーター故障中』の貼り紙をしたのだった。周りから一声に「馬鹿野郎!!」という怒声が揚がったのは言うまでもない。

「君は一体どういうエレベーターの管理をしているのかね！　悪戯もいい加減にしたまえ!!」

と国広は女従業員に詰め寄った。

「お客さん、くれぐれも誤解なさらないで下さい！　わたしはまた同じ説明を繰り返さなくてはいけないのですか!?」

「やけに高飛車な口のきき方じゃないか！　それでも、君はこのビルの従業員かね⁉」

「やはり説明を繰り返さなくてはいけないようですね。先程申し上げましたように、わたしはビルの管理人の指示で動いているだけなのです。指示がなければ、こんな貼り紙はいたしません。」

「そういう君は、一体誰のために働いているのかね⁉　白黒つけてはっきり言ってみたまえ！」

「何故そんな質問に答えなくちゃいけませんの？」

「いいから言ってみたまえ！」

「それでは申し上げますけれど、自分の家族と自分自身のためです。」

「お客はどうなっても構わんと言うんだね！」

「そうおっしゃるお客さんは、何の目的でこのビルにお越しですか？」

「職捜しに決まっているではないか！」

「それでは、誰のための職探しだとおっしゃるんですか、お客さん？」

「何だと、このアマふざけやがって‼」

国広は女に殴りかかろうとした。周囲の男達が慌てて国広を抑えにかかった。

『館内放送‼　館内放送‼　只今午後一時半です‼　これより先、第一エレベーターは使えません!!　これより先、第一エレベーターは使えません!!　御了承下さい!!　御了承下さい!!』

みるみる国広の耳朶が真赤に染まって来た。国広を制していた男達の顔も紅潮して来た。

「みてみろ、このアマのせいで俺達はとんだとばっちりを受けているんだ！　これでもあなた達は私を抑えつける気か!?」

男らは国広を制していた腕を離し、女を鋭い眼で睨みつけた。

「あなた、お願いです。止めて下さい!!　この方のせいじゃないわ！」

秋子はそう国広に叫びながら、国広を取り囲んでいる男らに顔を向けた。

「皆さんもよして下さい。これは何かの間違いです。機械の故障に腹を立ててもどうにもなりません。どうか短気を起こさず我慢して下さいまし。」

「奥さん、僕らが悪かった。しかし、僕らの気持ちは判って戴けますね。」と、一人の男が言った。秋子はビルの女従業員になり替って、男達に丁重に詫を言った。男達は真赤な顔をしながら、「うん、うん」と頭を振った。そして、ただ一つ残されたエレベーターの前に二列に並んだ。国広と秋子はその列の後方に立っていた。エレベーターの扉が開いたとしても、すぐに乗れる場所ではない。気長に自分達の順番を待つ他はなかった。一本のエレベーターがやっと動き出した。二人の前に並んでいる男達がエレベーターに順次乗込んで行く。二人が乗れるのはもうすぐだ。

『館内放送!! 館内放送!! 只今午後二時です!! これより先、百三十六階へ御越の方は第三エレベーターを使えません!! これより先、百三十六階へ御越の方は第三エレベーターを使えません!! 御了承下さい!! 御了承下さい!!』

先程の女従業員の姿は何処にもない。残された男達は当りようのない怒りに顔を紅潮させながらも、引返す他はなかった。罵声と舌打ちの音がエレベーターホールに響き渡る。国広は全身が顫えていた。

「あなた、今日はもう諦めましょう。運が悪かったんですわ。」

「こんな所に二度と来るものか!!」

「でも、これだけ大勢の方がいらっしゃるということは、百三十六階の会場に行けたら、きっといい職が見つかるということじゃないかしら。わたしは本当にそう思いますけれども……」

「しかし、これは狂気の沙汰だ。」

「わたしもそう思います。でも、粘り強く門を叩けば、きっと道が開けると思うんです。今日はついていなかっただけですわ。浩一も大変な人気だと言ってますし、出直して戴けませんか？」

周囲を見廻すと、男達が肩を落として三三五五とビルの外へ散って行く。国広も頸を項垂れて秋子と一緒にビルの外へと出て行った。そして、バス停まで一言も会話を交さずに歩いて行った。西堀川駅行きのバスは二時三十分発であった。バス停には行列が出来ている。帰りは立って行く他はない。

国広はリビングでのんびりしていた。国広は煙草に火を点け、一際強く喫って、白い煙を口から吐き出した。煙は狂ったように舞上がり、リビング中に飛散して行った。窓から淡い西日が差していたので、煙の狂騒がよく見える。国広はしばらくじっと煙の狂騒を見詰めていた。

秋子が寝室のドアをバタンと閉めた。その音で、もの思いに耽っていた国広はハッと我を取り戻した。秋子が急ぎ足で国広の前にやって来た。

「あなた、コーヒーでもお飲みになる？」

「うむ、アイスコーヒーにしてくれないか。」

秋子は台所へ行った。今朝作ったコーヒーが残っていた。冷凍庫から氷を出してニつのグラスに、五、六箇入れる。その上から冷めたコーヒーを流し込んだ。秋子はアイスコーヒーニつを盆に載せて、リビングの方へやって来た。

「アイスコーヒーをお持ちしました。わたしもアイスを戴きます。」

「今日はミルクを入れないのかね？」

「ええ……」

国広はアイスコーヒーを一口飲んで言った。

「先日の磯崎ビルの件、ひどかったな。あんなことが許されるのかね？」

「あなた、また『ぬくもり就職相談事務所』に行って戴けますか？」

「お前はどう思うんだ？」

「行って戴きたいと思います。」

「また一緒に来るかね？」

「いいえ、わたしはもう行きません。」

国広は残りのアイスコーヒーをぐっと飲み干した。

「缶ビールを買って来る。」

と、国広は言って出掛けて行った。

リビングの卓に淡い西日が差し込んで、灰皿の所だけ暗く影が出来ていた。秋子は灰皿の影に眼をやった。日が差し込まなければ影もない。人の生も灰皿の影のような存在でしかないのだろうか、と秋子は考えていた。そうして、一体どうして、自分達夫婦にこんな残酷な西日が差し込むのだろう、と腹立たしくなって来た。『わたし達は、運命の西日に弄ばれるような影じゃないはずよ。それともわたし達は何者かが操る操り人形だとでも言うのかしら、そんな馬鹿げた話があっていいはずがないわ』、と秋子は自分に言い聞かせていた。とかくするうちに、国広が帰って来た。国広の顔が怒気を含んでいる。

「あなた、どうかしまして？」

「酒屋の女将が『失礼ですが、お客さん何歳になられました？』と訊くんだよ。俺は素直に『六十歳になりましたよ。』と答えたんだがね。」

「それがビールと何の関係がありまして？」

「六十歳以上で職に就いていない者は酒税が三倍になる、と言うんだ。」

「そんな馬鹿な話……誰がそんなことを決めたのかしら。どういう理由なんですか、あなた？」

「老後を健康に過ごしてもらおう、ということらしい。酒税を三倍にすれば、高齢者もおいそれとは酒を飲めなくなるだろう、という尤もらしい理由だ。」

「そんな記事、新聞に載っていたかしら？」

「少なくとも俺はそんな記事を読んだ覚えはない。頭にカッと来たんで、二缶どころか十缶買って来たよ。別に今晩全部飲む心算はないがね。」

「それにしてもあなた、ちょっと買い過ぎではありませんか？」

「買わなかったら、それこそ自分を老耄と認めてしまったことになるじゃないか。」

「でも、わたし達は退職金を使って行く以外に生活の糧はないのよ。」

「お前も酒屋とぐるになっているのか。」

「ぐるだなんて、ひど過ぎるわ……」

秋子は大粒の涙を流した。

「わたしは何もビールを買って来たのが悪いと言っているのじゃありません。感情の赴くままに、あなたらしくもなく十缶もビールを買って来たことに……そこまでしなくともいいと思ったのよ。ですから、買い過ぎじゃありませんか、と言ったまでのことですわ……」

秋子はハンカチで涙を拭きながら国広の顔を見詰めていた。

「済まない、秋子、俺が間違っていた。カッとして買ってしまったんだ。」

「あなた、もうその話は止めましょう。」

国広は台所へ行って、缶ビール九本を冷蔵庫のチルドに入れた。残り一本の缶ビールのタブを開け、グラスに注いで、チーズと一緒に盆に載せリビングに戻って来た。

「お前も飲むか？」

「わたしは入りません。夕食の支度をしなければいけませんから。」

国広はビールを飲みながら、嫌なことだがまた磯崎ビルに行くしかないと考えていた。そうして、チーズに齧付いてビールを胃袋に流し込むと、煙草に火を点けた。何処にも晴らすことの出来ない鬱憤を抱きながら、チビチビ飲んだ。煙草の煙が眼に沁みる。煙草の抵抗か、と国広は思った。うっすらと涙の浮かんだ両眼を擦りながら、煙草を銜えて、煙をぐっと喫い込んだ。何気なく喫っている煙草だが、何たる影響の大きさよ、と考えていた。煙草を一本喫っただけで部屋中がもうもうとなる。例えば、誰にも知られずに毎日の生活を営んでいる一人の人間の影響もこんなものだろうか、と思った。一本の煙草と一人の人間の一生、何か似通うものを感じていた。

「あなた、夕食はあり合わせのものでいいかしら？」

と、秋子はキャベツを刻みながら国広に訊いた。

「ああ、構わんよ。」

「豚肉のステーキにしますわよ。」

「それで結構。」

秋子はステーキ用の豚肉のロースを二枚、冷蔵庫のチルドから取り出した。缶ビールがゴロゴロと音を立てる。二枚のロースを俎板の上に載せて出刃包丁で裏表を細かく五盤目叩きをする。片面ずつ手早く塩胡椒を塗して、出刃包丁の背で丁寧に叩き、隠し味を沁み込ませる。今度は玉葱をスライスする。さっと水洗いをしてからビニール袋に入れ、たっぷり醬油を注ぐ。それを十分に手揉みする。それから、ガスコンロの網焼き器で、ロースを強火で脂が落ちるまで焼く。ステーキとキャベツを皿に盛り合わせ、玉葱の醬油手揉みと一緒に盆に載せ、秋子はリビングの食卓に持って来た。

「あなた、ちょっと待って下さい。ライスとフォーク類を持って来ますから。わたしが戻る迄に玉葱の手揉みをステーキの上にたっぷり載せといて下さい。」

国広はビールを飲みながら、玉葱の醬油手揉みをビニール袋から取り出して、二枚のステーキの上に載せた。

「秋子、済まないが缶ビールを一本一緒に持って来てくれないかね！」

「はい！」

秋子がリビングに戻って来た。

「お前、本当にビール飲まないのか？」

「それでは少しだけ戴こうかしら。」

「じゃ、グラスを持って来よう。」

そう言って、国広が台所の方へ立って行った。

「あなた、小さいコップでいいわよ！」

秋子は国広が戻って来たら、すぐ食事が出来るように用意をした。

「これぐらいのグラスでいいかな？」

「それぐらいで丁度いいわ。」

「まあ飲んでくれ。さっきは済まなかったね。」

と、国広は秋子のグラスにビールを注ぎ込んだ。

二人は「乾杯」と言って食事を始めた。

「最近は何から何までついていないなあ。」

「こんなことときっと何かの間違いですわよ。都合の悪い偶然が重なり合ったんですわ。でも、あなた、先日の女性従業員に対する態度、感心出来ませんでしたわよ。あの方のせいじゃありません。今後注意して下さいますか？」

「確かにあの時はどうも頭に血が昇り過ぎていたようだ。今後気を付けるとしよう。いずれにせよ、また行くことだし、今度はスーツを着て行くとしようか。」

「その方がいいですわね。」

***

「あなた、今何時ですか?」

「六時十分前だよ。」

「あら、まだそんな時間ですか。」

「お前はまだ蒲団の中に居るといい。俺は台所に行ってコーヒーでも作っているさ。コーヒーが出来たら起こしに来るよ。」

そう言って国広はパジャマ姿で台所の方へ向って行った。台所に近付くと食器が眼に入って来た。『そうだ、そういえば昨夜、食器を洗っていなかったな。』と、心で呟きながら腕捲りをした。前掛けをしてから、ズポンジを水でぬらし中性洗剤を沁み込ませて、食器をごしごし洗い始めた。『さて、次は水で流すとしようか。』食器に着いた洗剤を流し落としてから、流し場の隣りに食器を裏返しにして並べておいた。次に、コーヒーミルをセットした。コーヒー豆は五杯分入れた。あとは十五分待てばコーヒーが出来上がる。国広はリビングに戻った。煙草に火を点けた。そして、煙を勢いよく喫って吐き出しながら、玄関に向って新聞受けから朝刊を取って来て、しばらく眼を通すためだ。いい香りがして来る。コーヒーが出来上がったらしい。国広は寝室の方へ歩いて行った。

ドアの外から秋子を呼んだ。秋子は寝室からすぐ普段着姿で出て来た。

「あなたも着替えていらして。後はわたしが用意致しますから。あら、食器を洗って下さったの、済みませんでした。」

と言って、国広に頭を下げたのだった。国広は前掛けを秋子に渡して、寝室に入って行った。

秋子は台所に向った。国広の洗ってくれた食器を手早く拭いて片付けると、戸棚からコーヒーカップを二つ取り出して、リビングの食卓の上に持って来た。国広が寝室からやって来る。

「おはようございます。」

「おはよう。」

「コーヒー、ホットのままでいいかしら。」

「構わんよ。」

秋子は二つのコーヒーカップにホットを入れた。

「どうぞ召し上がれ。」

と、言いながら、台所へミルクを取りに行った。国広はコーヒーカップの端を口許に寄せた。コーヒーのいい香りがする。台所から戻って来た秋子は、コーヒーにミルクを入れると、国広と同じようにコーヒーカップの端を口許に寄せてコーヒーの香りを楽しんだ。そして、二人ともほとんど同時にコーヒーを啜ったのだった。

「今の社会では、こんな平凡な老後を送ってはいかんと言うことなんだろうね。」

と、国広が言い出した。

「残念ながらそのようですわね。」

「老後のない老後って一体どういうことなんだね？」

「老いてはいけないという法律が出来たようなものですわ。」

「法律？」

「そうです。誕生日が何回来ても、少なくともあなたの場合、五十九歳据え置きということじゃないかしら。」

「しかし、酒屋では六十歳以上の扱いを受けたんだぞ。」

「いいえ、ごめんなさい。今の法律では六十歳から七十五歳迄は馬であれ、ということなんだと思います。」

「馬だって？」

「いえ、いえ、牛ですわ。」

「牛？」

「いいえ、やっぱり違いますわ。限りなく馬車馬に近い野良猫に相違ありません。」

「限りなく馬車馬に近い野良猫？」

「そうなんですよ。」

「どうしてなんだ？」

「ですから、馬車馬の馬なら一生懸命走りさえすれば、やがて飼主から十分な餌を与えられ、命も保護してもらえます。でも、野良猫は飼主がいませんから、いくら一生懸命鼠捕りをしても命を保護してくれる人は誰もいません。しかも、血の出るような努力をして捕えた鼠が自分の唯一の食料ですし、もし捕え損ったら、割を食うのはその野良猫自身なんですから。」

「お前は野良猫は野良猫でも限りなく馬車馬に近いと言ったね。」

「はい、つまり、野良猫だけであったなら、鼠一匹捕えて食べてしまう。それで、満腹だったなら、自分の意志で数日間休んでいることも出来ますけれど、馬車馬ですから、休むに休めないということなんです。」

「そんなの有りか？」

「勿論有って欲しくありませんわ。」

「そういうことなら、少なくとも鼠だけはふんだんにいなくちゃならない理屈だ。」

「でも、磯崎ビルにあれ程大勢の男の方達が職探しに来ているのですから、わたし達のありつける鼠の数はごくごく限られていると思うんです。」

「とんだ絡繰りだ。」

「そんなことを言っても始まりません。兎に角、磯崎ビルで鼠を捕えないことには……」

国広はそれ以上秋子と話を続ける元気がなくなってしまった。

「あなた、御免なさい。余計なことを喋り過ぎてしまいました。どうかソファーに横になって下さい。」

国広は秋子に言われるまでもなく、軀を仰向けにしてソファーに横になった。一本の煙草に譬えるなら、国広はさしずめ火の点いたケムレスの煙草に過ぎまい。国広と彼の喫っている煙草には明確な違いがあった。ふと、『俺は七十五歳迄生き残れるだろうか？』と訝った。これは国広が決める問題ではないが、磯崎ビルで鼠を見つけないことには、万事休すということになってしまいかねない。しかし、今の国広にはどうでもいいことだった。

「秋子、済まないが缶ビール一本とグラスを持って来ておくれ。」

「朝から飲むんですか？」

「これじゃとても正気じゃいられないよ。」

「判りました。」

秋子はそう言って缶ビール一本とグラスを持って来た。

「ああ、月曜日迄あと何十時間あることか！　鬱陶しい。早く月曜日なってくれ！」

と、国広は喚きながらソファーの上で気絶してしまった。

秋子は声もなく泣き崩れた。別に秋子は夫を追詰める心算はなかったのだが、結果的にそういうことになってしまった。秋子は涙を流しながら夫の横顔を見詰めていた。国広はそのまますうっと眠り続けていたのである。

国広がハッとして目覚めると、周りは真っ暗であった。が、自分のすぐ近くに人の気配がする。秋子の寝息の音であった。秋子は絨毯の上に正座して、こくりこくりとしながら、国広の方へ顔を向けて眠っていたのである。国広は仰向けの自分の軀の上に、ある重さを感じていた。それは掛蒲団の重さであった。国広は掛蒲団を撥除けて秋子の両肩を叩いた。

「わたしのせいじゃないわ!!」

という譫言を大声で叫びながら秋子が目を覚した。

「秋子、これは一体どうなっているんだ!?」

「あっ、あなた目覚めたの、よかったわ！」

「俺は今迄何をしていたんだ？」

「気を失ったまま眠っていたんです。」

「そうだったのか……」

「ええ……」

「寝室に行って蒲団で寝よう。心配掛けて済まなかった。さあ、寝室に行こう。」

「はい……」

秋子はもう眠れなかった。蒲団の中に身を横たえて、ただじっと夜が明ける迄眼を閉じていた。朝の五時半になると、秋子は蒲団を抜け出し、真白いワイシャツにアイロンを掛け始めていた。アイロンの蒸気の音がフーフーと鳴っている。国広は大きく寝返を打った。

そして、眠りがだんだん浅くなって来た。秋子がアイロンをアイロンケースにカチャリと入れる音で国広は目を覚ました。

「秋子、もう起きていたのか。」

「ええ……」

「今日は早めに『出勤』するとしようか。」

「そうですか。」

「さあ、トーストを一枚焼いてくれ。」

「はい……」

「今日はコーヒーを飲まずに、牛乳で済ますとしよう。冷たいのでね。」

秋子はパジャマ姿のままリビングへ行き、その足で台所へ向かった。パン籠の中から食パンを一枚取り出した。それを電子レンジに入れ、オーブンの二分の目盛りの所にセットしてスイッチを押す。程なく国広もパジャマ姿のままリビングへやって来た。ソファーに座って煙草に火を点ける。煙草の煙を胸一杯に喫い込んで鼻の穴から吐き出した。時を同じくして電子レンジのチンという音がする。秋子は電子レンジからトーストを取り出した。そして、盆に牛乳、バター、カップ、トーストを載せ、リビングの食卓へ持って来た。

国広は素早く朝食を済ませ寝室へ向った。『会社最後の日』と同じ服装をしていた。始まりは終わりの印であり、終わりは新たな始まりの印のようなものなのだろうかと、ふと国広は思うのだった。

秋子は玄関で靴磨きをしていた。国広は寝室から小走りで玄関までやって来て、新聞受けから朝刊を取り出し、リビングの方へ進んで行った。秋子は靴磨きを終えると足早に寝室へ戻って着替えをし、リビングにやって来た。朝六時半であった。

「あなた、何時頃出掛けられますか?」

「もう出掛けるよ。」

「今時分出掛けて磯崎ビル開いているかしら?」

「開いていなかったら『奈々子』に行くさ。喫茶店なら開いているだろう。」

「そうですね。」

「それじゃ行って来る。」

「あなた、呉々も気を付けて下さいね。それからマナー厳守を忘れないで下さい。」

国広は玄関のドアを開けて外へ出て行く。秋子もそれに続いた。

「あなた、いってらっしゃい。」

「きっといいニュースを持って帰って来るよ。」

秋子は国広の後ろ姿を見詰めていた。しかし、今はその後ろ姿の意味が全然違っていた。

やがて夫の姿が視界から消えると、急に目眩がして来て、秋子は強烈な睡魔に襲われた。慌てて家の中に戻る。そして、リビングのソファーの上に横たわって両眼を閉じた。まるで吸引器に吸い込まれるように全身から意識が抜け出して行ってしまった。秋子はそのままソファーの上で眠ってしまったのである。

⁂ ⁂ ⁂

国広がバス停に着き五分程すると、東区役区所行きのバスがやって来た。バスの降車口と乗車口が同時に開く。国広は乗車口から整理券を一枚取って中へ入った。こんな時間でも結構乗客が座っている。最後列に一人座れる空間があった。左右の乗客に詰めてもらって、そこへ腰掛けた。

「檀那さん何方へお出掛けじゃ？」

と、突然隣りの老女が国広に話し掛けて来た。

「終点まで。」

「わしと一緒じゃ。檀那さん『ぬくもり就職相談事務所』へ行かれるんじゃろ。」

「ええ、どうしてそんなことが判るんですか？」

「その顔にちゃんと書いてあるわ。わしもそこへ行くんじゃよ。」

「失礼ですが、あなた程の年齢の方でもあそこで職が見つかるんですか？」

「可能性はあまりないんじゃが、職がないこともないんじゃよ。それにしても、檀那さんみたいな若い人の行く所じゃなかろうて？」

「私の歳では職が見つからないということですか？」

「いやいや、その逆じゃよ。」

「それでは、決して悪い話ではないじゃありませんか。」

「まあ、八十歳以上の人なら悪い話じゃないんじゃが……このわしみたいにのう。」

「それはどういう意味ですか？」

「ここではその意味を話す訳にはいかないんじゃよ。」

「それはまたよく理解出来ませんね。」

「理解しない方がいいんじゃ。次の停留所で降りてお帰りなされ。」

「いいえ、私は終点まで行きます。」

「檀那さん、物分りが悪いのう。」

　狐につままれたように国広がそうこう老女と問答しているうちに、終点の東区役区所前にバスが着いた。老女は定期券を出して車外に出て行った。国広は小銭を掻集めてバス賃を払って車外に出た。国広はあの老女は何者だろうと考えた。

　老女はバスを降りるとテクテクと磯崎ビルの方へ歩いて行った。当然ながら国広も磯崎ビルの方へ歩いて行った。気が急いでいたが、どうも老女を追越す気になれない。国広の足取りが鈍って行く。すると突然、老女が後ろを振り向いた。国広の姿が老女の眼に入る。

「檀那さん、早くお帰りなされ。」

「いいえ、私は帰りません。」

「檀那さんもなかなかの頑固者じゃのう。わしについて来なされ。」

そして、二人は磯崎ビルの中へ入って行った。

「檀那さん、あそこの四本のエレベーターは全部出鱈目じゃ。」

「出鱈目ですって。それじゃ、一体何処へ行くんですか？」

「まあ、黙ってわしについて来なされ。」

老女は四本のエレベーターのある所からずうっと左側の方へと歩いて行った。

「わしはここに来ると決まってトイレに行きたくなってのう。」

「冗談はよして下さい。」

「いやいや、冗談じゃありませぬぞ。檀那さんも用を済まされたい。」

そこは丁度トイレの所であった。国広は仕方なく老女に促されるまま男性用のトイレへ入って行った。五分程してから、用を済ませた振りをして、トイレから出て来たのはいいが、老女の姿が見えない。「とんだ喰わせ者め！」と、心の中で叫びながら煙草に火を点けた。すうっと煙を喫い込んで、口を大きく開けて喫った煙を吐き出した。

「臭い、臭い、ここまで臭いがする。檀那さんか、煙草を喫っておられるのは?」と言う老女の声がした。国広は慌てて水の入った吸殻入れに煙草を捨てた。やがて老女がトイレから出て来る。

「檀那さん、煙草を喫われるんじゃのう。」

「そ、そうですが……」

「煙草を喫う人は寿命が短いんじゃよ。煙草は喫わない方がいいんじゃ。まあ、兎に角わしの後について来なされ。」

国広は黙って老女に従った。

「ここじゃ、この上りのボタンを押すだけでいいんじゃ。」

エレベーターは業務用のものであった。

「このエレベーターを使って構わないんですか?」

「何処にも使っちゃいけないという貼紙がないじゃろう。だから、使っても構わないんじゃ。」

そう言われてみれば確かにその通りだった。老女が上りのボタンを押すと、最上階からどんどんエレベーターが降りて来る。

「このエレベーターだけは嘘をつかん。」

と、老女が言う。

エレベーターの扉が開いた。二人は乗り込んで、百三十六階のボタンを押した。エレベーターは飛行機のような早さで急上昇する。国広は耳の鼓膜が痛くなったので、唾を飲み込んだ。老女は全く何事もなかったようにエレベーターに乗っている。まもなく目的の階に到着し、エレベーターの扉が開く。二人がエレベーターを出ると見えるのは壁だけでシーンとしていた。

「うひゃひゃひゃ」と、突然老女が笑いながら国広の前に掌を上に向けて差し出した。

「な、何の真似ですか⁉」

「檀那さん、わしのお陰で百三十六階まで来れたんじゃから、手数料を戴かんとのう。」

「私はそんな約束これっぽっちもしていませんよ！」

「檀那さん、じゃから帰りなされと言ったんじゃ。檀那さん、それじゃ何かのう、自分一人で百三十六階に来れたと言うんじゃなかろうて。」

「しかし、これは全く明らかですが、たかだかエレベーターで百三十六階まで来ただけじゃありませんか。」

「檀那さん、事の次第がよく判っていないようじゃのう。百三十六階に来るのが大変なんじゃ。そこから先がまた一苦労でのう。わしはそれを檀那さんに教えて進ぜようと言うんじゃよ。」

「それでは、幾ら欲しいというんですか？」

「取り敢えず手付金一万円じゃ。」

「そんな馬鹿馬鹿しい、いい加減にして下さい。確かにあなたのお陰で百三十六階まで来れましたが、そんな法外なお金は払えませんよ。それに、一万円が手付金だなんてとんでもありません。」

「まあ、いいじゃろう。その代わり、これから先檀那さんに何があろうと知らんからのう。」

「結構です。」

「うひゃひゃほほ。」と、笑い声を上げながら、老女はエレベーターで一階まで急降下して行った。老女の仕事とはこんなことだったのか、と国広は思った。

「こんな子供騙しをしやがって。」と、舌打ちしながら、通路に、これがある、あそこにはあれがある、といちいち脳裡に目印を焼付けながら国広は進んで行った。

しかし、何処まで行っても出口がない。「ここで迷ってはいけない。」と国広は思い、脳裡に焼付けた目印を頼りに業務用のエレベーターの所まで戻って来た。今迄の通路がすでに国広の脳裡に鮮明に焼付いていた。それで、もう一度、先程辿り着いた所まで足早に進んで行った。腕時計を見ると午前九時過ぎである。国広は焦りを感じ始めていた。

国広は通路を懸命に歩いた。するとガラス張りの行き止りに突き当った。国広は中を覗き込んだ。ガラスは特殊加工のものであるらしい。所謂鏡張りで、こちらから中は見えるが、中からはこちらが全く見えない。よく中を覗き込むと、すでに男達がぽつりぽつりと長椅子に座っているのが見えた。国広は再び腕時計を見る。午前九時半である。

国広はそこから引返して、別の通路を必死に歩いた。しかし、出口は何処にも見当らない。迷いそうになったので、国広は急いで業務用のエレベーターの所へ戻り一階へ降りた。出鱈目のエレベーターを使うために。業務用のエレベーターを出て、突き当たりを左に折れると、そこに先程の老女が莞爾として立っていた。

「うひゃひゃひゃ、檀那さん、どうされたんじゃ。」

「失礼、私はあちらのエレベーターで百三十六階に行くんです。」

「さて、檀那さん、ここからあちらのエレベーターの所まで行けるかのう。」

老女はまたしても掌を上にして国広の前に差し出した。それを見て国広は怒りが頂点に達して叫んだ。

「あなたは私から小遣い銭をせしめにこんな所に連れて来たのですか⁉」

「檀那さんまだお若いのう。」

「あなたは何時迄ここへ居る心算なんです！」

「それは檀那さん次第じゃ。」

「よく判りました。一万円払いますからあちらのエレベーターの所まで連れて行って下さい。」

「檀那さん、悪いことは言わぬ、このままお帰りなされ。その一万円、わしの心にしかと戴きましたぞ。」

「受け取って戴けないいんですか？」

「わしの欲しいのは本当の一万円じゃ。紙屑の一万円札ではないんじゃよ。」

「御老人、私が間違っていたようです。許して下さい。」

「許すも許さぬもない。わしについて来なされ。」

「判りました。」

二人は四本のエレベーターのある方へやって来た。人集の黒である。

「ここに来れば、見た通りじゃ。檀那さん、あれで百三十六階まで行けるとお考えか？」

「エレベーターが順調に回転してさえくれたなら……」

「ここのビルに女の従業員がおるじゃろ。」

「はい。」

「あれが曲者なんじゃ。」

「曲者？」

「ここのビルの廻者じゃ。」

「廻者ですって!?」

「そうじゃ。あの曲者の操る四本のエレベーターを使って、一日にこのビルの百三十六階に到り着けるのは僅か二百人だけじゃ。」

「ということは？」

「二百人になるように操るから、四本のエレベーターがお客さんにとってはさっぱり訳の判らぬように、動いたり故障してしまうという寸法じゃ。」

「午前に来ようと、午後に来ようと、そういう仕掛けになっているとでもおっしゃるのですか？」

「そういうことじゃ。」

「畜生、やっぱりあの若い女従業員は騙していたのか！」

「この大不況下、そうそう簡単に職を斡旋してくれるはずがなかろうて。」

「このビルにせっかく来ても、一日二百人を上限として他の者は皆振り落とされるということですか？」

「そういうことじゃ。」

「それは実にふざけた話じゃありませんか。」

「いやいや、だからこそいいんじゃよ。その訳は知らぬ方がよかろうて。それより檀那さん、あの四本のエレベーターから業務用のエレベーターへ行くまでの通路、頭に入ったかのう？」

「ええ、しっかり頭に叩き込みました。」

「他の男どもに知られては一大事じゃ。檀那さんだからこっそり教えたんじゃやからのう！」

「何故わたしなんかに教えて下さったんですか？」

「その顔に『信頼出来る』と、書いてあるからじゃ。」

「顔に書いてあるですって？」

「そうじゃ、わしの眼にははっきり見えるんじゃ。胡魔化しは利かぬ。」

「と言うことは、業務用以外の出鱈目のエレベーターを使おうとしてもほとんど無意味ということになりますね。」

「その通りじゃ。よく心得ておる。」

「御老人、ビルを出てお茶でも飲みに行きましょう。」

「その気持ちだけで結構じゃ。明日また同じバスで来なされ。わしはまた同じ席に座っておる。百三十六階のその先を教えて進ぜよう。早く、お帰りなされ。」

深まり行く老女の謎に思いを巡らしながら、国広はバス停までゆっくり歩いて行った。ふと自分の周りを見廻すと、国広と同年輩の男どもがうようよ歩いていた。磯崎ビルの出鱈目な四本のエレベーターに空しく弄ばれるために。

⸬ ⸬ ⸬

国広がバス停に辿り着くと運よく西堀川駅行きのバスがやって来た。整理券を一枚取ってバスに乗り込むと空いていた。腕時計を見るとまだ朝の十時である。これで勝負ありとは、と国広は唖然として座席に腰掛けた。バスはすぐ発車した。国広は、「今日はいいニュースを妻に話せない。」と思い、「申し訳ない。」と心の中で呟いた。後ろへ後ろへと過ぎ去って行く車外の景色をぼんやり眺めながら、二時間半バスに揺られて帰って行った。

『次は千代田一丁目!!　次は千代田一丁目!!　千代田歯科前でございます!!』

国広は降車ボタンを押した。周りを見廻すと乗客で一杯であった。多くの乗客が吊革にぶら下がっている。バスはまもなく千代田一丁目に着いた。

「千円札だが構わんかね？」

と国広は運転手に訊いた。

「結構ですよ。但し、その場合は割増料金になりますが。」

「割増料金？」

「そうです。兎に角料金箱に入れて下さい。」

「千円札をここへ入れればいい訳だな。」

「そうです。」

「はい、入れたよ。」

「有難うございました。」

「おい、お釣は？」

「ありません。」

「何を言っているのかね、君、ここまで七百六十円じゃないか！」

「お客さん、わたしは割増料金になりますと申し上げましたよ。このバスはお判りの通りワンマンバスです。加えて、利用なさるお客さんがこんなに沢山いるということも御覧の通り理解して戴けると考えております。このような繁忙な情況ですから、釣銭サービスは免除させて戴いております。どうか今後定期券を御利用下さい。」

「何を尤もらしいことを言っているのかね。運転手さん、君は私から二百四十円もくすねる心算かね⁉」

「お客さん、まだ御理解戴けないようですね。バスを利用する時は、小銭を常時用意するのが一般的な常識というものではございませんか。」

「しかし、私はこの通り使い果たして今は小銭を全く持ち合わせていないんだよ。それでも君はこの私から二百四十円吸い上げるというのかね。それじゃ、まるで泥棒というものじゃないか。」

「この際はっきり申し上げますが、降車口にいらっしゃって千円札を出す方なんて、お客さんぐらいのものですよ。後ろを御覧下さい。他のお客様の降車の邪魔になりますので、車外に出て戴けませんか？」

「そんなことをくどくど言っている間に釣銭を払えるじゃないか。」

「いい加減にしろ！」

と、国広の背後の方から大きな声がした。

「運転手の言う通りだ！　さっさと出て行け！」

と、追打ちをかけるように大声が飛んで来た。

国広は止むなくバスを降りた。その後ろからぞろぞろ乗客達が降りて来た。確かに皆定期券を見せるか小銭でバス賃を払って出て来た。千円札を出す者は一人もいなかった。行列の最後の一人がバスから降りると、バスの降車口がガシャリと閉まったのだった。

国広は頬を真赤に紅潮させながらバスの定期券売場に向った。バス停のすぐ側にある。

「東区役区所前までの回数券下さい。」

「お客さん、回数券はもう販売しておりません。」

「それはどういう意味かね?」

「ここの定期券売場では回数券の販売は致しておりません。」

「それじゃ一カ月の定期券を買おう。」

「実に残念ですが、三カ月と六カ月の定期券しか販売しておりません。」

「馬鹿なことを言うんじゃない! どうして一カ月定期を販売していないのかね?」

「お客さん、御希望に添えなくて誠に申し訳ありませんが、その件は私どもの与かり知らないところでありまして。」

「とぼけるのもいい加減にしたまえ! 一カ月定期の購入を求める客とそれを販売する者がいて、与かり知らぬとは何事かね!」

「お怒りのお気持ちは私どももよく理解致しております。しかし、販売しようがないというのが、偽らざる私どもの今の立場なのでございます。なんとか御了承願えないものでしょうか？」

「お前ら、何処までもふざけやがって！　もういい、失礼するよ！」

国広は憤然として定期券売場から立ち去った。

「秋子、只今！」

「あら、あら、どうしたんですか、あなた。帰りが随分早いじゃありませんか。」

国広はコートを脱ぎながら言った。

「どうしたんだい。ちょっと元気のない声だな。」

「ええ、実は、わたし、あなたが出掛けた後、急に眠くなってソファーで眠っていたんです。少し前に目を覚ましたばかりなの。」

「そうか、実は俺も不思議な婆さんと会って諭されてねえ、目覚めて帰って来たという訳さ。」

「それはどういう意味ですか？」

国広はリビングのソファーの所まで歩いて来て、どかりと座って言った。

「あの磯崎ビルの四本のエレベーターが全部出鱈目だと判ったんだ。しかも、あの四本のエレベーターで百三十六階まで行けるのは僅か一日二百人までということもね。」

「誰がそんなことを言ったんですか？」

「だから、それが不思議な婆さんなんだよ。」

「あなた、そんな老女の言ったことを信じるんですか？　騙されているんですわ。」

「まあ、そう決めつけるな。騙されたかどうか明日判るさ。明朝六時四十五分にね。」

「どうしてですか？」

「今日と同時刻のバスに明朝その婆さんが乗っていることになっているのさ。もし、乗っていなければ、俺は完全に騙されたという訳だよ。」

「その老女、あなたに何を教えたの？」

「間違いなく磯崎ビルの百三十六階に行ける方法だよ、どんな時間帯でもね。」

「あなた、あまり甘い話に乗らないで下さいね。」

「そんなことぐらい判っている。それにしても、あのワンマンバスの運転手といい、バスの定期券売場の売子といい、一体あいつらは何様の心算で働いているんだ！」

「その方達がどうかしまして？」

「ああ、先ずワンマンバスの運転手だがねえ、小銭がなくて千円札を出したら、お釣をくれないんだよ。釣銭サービスは免除させてもらっているとさ。はっきり言って、二百四十円のお釣を言葉巧みに猫糞しやがったって訳さ。」

「それはおかしいわ。」

「つまりねえ、超満員のワンマンバスだからと言ってね、釣銭を払う煩雑なサービスはしておりません、なんてほざきやがるんだよ。」

「あなた、その運転手の顔今でも覚えていますか？」

「忘れる訳がないじゃないか。」

「警察に訴えましょう。」

「訴える？」

「そうです。」

「釣銭でも戻って来るとでも言うのか？」

「勿論です。」

「それに、だいたいバスの定期券売場の奴らも許せん。回数券を売ってくれと言ったら、そんなもの販売していないというお言葉だよ。それなら、一カ月定期券を売ってくれと言ったんだ。そうしたら、こう言ったんだよ。『三カ月か、六カ月の定期券しか販売していません。』てね。」

「それもおかしな話ですわ。間違いなく、回数券も一カ月定期券も販売しているはずです。そんなことを言うなんて、立派な詐欺罪です。」

「今さらどうしようというんだね？」

「わたしが行って来ます、警察へ。」

「しかし、そんなことをしてどうなるんだ。」

「釣銭二百四十円返却して戴きます。その上で、バスの回数券を買って参ります。」

「お前一人で大丈夫か？」

「心配なさらないで下さい。わたしは警察官に同行してもらうんですよ。」

そう言って秋子は寝室へ向った。程なくグレーのコートを着た秋子が国広の前に現われた。

「秋子、本当に行く心算か？」

「ええ、わたしにはそんな不正は許せません。」

「そいつらに恨みを買ったらどうする心算なんだ。」

「そういう人達は、自分の職を完全に失って初めて、自分の愚かしさに気付くはずです。」

「お前、昔とちっとも変わらないなあ。まるで子供達を叱っているようだ。」

「あら、そうかしら。いたずらっ子はどちらの方かしら。」

「あいつらだ。」

「そうなんですよ。だからわたしは行って来るんです。」

秋子は高くないハイヒールを穿いて出掛けて行った。交番はマンションから十五分の所にある。師走の風は冷たい。秋子はマフラーをして行かなかった。空っ風が肌に沁みる。秋子は急ぎ足で交番へ向った。

交番がだんだん近付いて来ると、外で万歳ポーズをしながら、大欠伸をしている若い警察官の姿が眼に映った。「これで警察官？」と、秋子は大分拍子抜けしたように近付いて行った。そこには、若造の警察官しかいないらしい。しかし、この際仕方がない。

「ちょっとお願いがあるのですが……」

と、秋子は青二才の警官に話し掛け、事の顚末を話した。

「奥さん、そこここにより色々決まり事が違いますからねえ。」

「あなたは、違法と順法、違反料金の徴収と正規料金の徴収、どちらが正しいとお考えですか？」

「どこまでが順法で、どこからが違法か、どこまで正規料金で、どこから違反料金になるのかによって変わって来ますね。可成の柔軟性を以って考えなくちゃいけないケースもありましてね、今回の件はそれでしょう。」

「と言うことは、あなたは違法でも正しいと言うのですね？」

「とんでもありませんよ、私に限って。」

「それでは裁判で明らかにしましょう。」

「ちょっと待って下さい、奥さん！　……実は、私はそのバス会社でアルバイトをしているんですよ。」

「なんですって⁉」

「大なり小なり、みんなしていますよ。」

「それでは聴きますけど、あなたはそこで一体いくら内職をしていたんです⁉」

「二十万円程です。国会議員に比べれば、微々たるものですよ。」

「確かに内職してたのね。」

「平均的な常識の範囲内です。職務はきちんとしております。」

「それが法律に触れるかどうか、答えて下さい。」

「職務の範囲なら順法のうちです。」

「わたしが訊いているのは、法律に抵触するかどうかです。」

「奥さん、繰り返しますけど、職務の範囲なら順法のうちです。」

「あなた、悪人を取締まる資格もないのね。」

「まあ、大目に見て下さい。」

「もし、ここであなたを見逃したら、何の罪もない多くの人達が救われません。裁判所に訴えます。覚悟して下さい。」

恐縮ですが
切手を貼っ
てお出しく
ださい

112-0004

東京都文京区
後楽 2－23－12

(株) 文芸社

ご愛読者カード係行

書　名					
お買上 書店名	都道 府県　　　市区 郡　　　書店				
ふりがな お名前				明治 大正 昭和　　年生　　歳	
ふりがな ご住所	□□□-□□□□			性別 男・女	
お電話 番　号	(ブックサービスの際、必要)	ご職業			
お買い求めの動機 1. 書店店頭で見て　2. 当社の目録を見て　3. 人にすすめられて 4. 新聞広告、雑誌記事、書評を見て(新聞、雑誌名　　　)					
上の質問に 1. と答えられた方の直接的な動機 1. タイトルにひかれた　2. 著者　3. 目次　4. カバーデザイン　5. 帯　6. その他					
ご講読新聞　　新聞		ご講読雑誌			

文芸社の本をお買い求めいただきありがとうございます。
この愛読者カードは今後の小社出版の企画およびイベント等の資料として役立たせていただきます。

本書についてのご意見、ご感想をお聞かせ下さい。
① 内容について

② カバー、タイトル、編集について

今後、出版する上でとりあげてほしいテーマを挙げて下さい。

最近読んでおもしろかった本をお聞かせ下さい。

お客様の研究成果やお考えを出版してみたいというお気持ちはありますか。
ある　　ない　　内容・テーマ（　　　　　　　　　　）

「ある」場合、弊社の担当者から出版のご案内が必要ですか。
希望する　　希望しない

ご協力ありがとうございました。

〈ブックサービスのご案内〉
当社では、書籍の直接販売を料金着払いの宅急便サービスにて承っております。ご購入希望がございましたら下の欄に書名と冊数をお書きの上ご返送下さい。（送料1回380円）

ご注文書名	冊数	ご注文書名	冊数
	冊		冊
	冊		冊

「なんてことだ、こちらが頭を低くして対応していれば、つけあがって言いたい放題だ。奥さん、そんなことしたら、ただじゃ済みませんよ。」

「今度は脅迫ですか。もっと罪が重くなりますよ。それでもいいんですね？」

その一言を聴いた青二才の警察官はまるで観念したように首をうなだれた。

「奥さん、これから裁判所に行くんですね。」

「あなた、初めてのようね。」

「そうです。」

「今後、公正にやって戴けますか？」

「勿論です。」

「それではまずバス会社に二十万円返金して下さい、今すぐに。それなら今回は大目に見ましょう。これからあなたは、私と一緒にバス会社に行って、釣銭も返してもらわなくちゃいけないし、回数券も買わなくちゃいけませんから。」

「今すぐ二十万円と言われても、今そんな大金は持ち合わせていませんよ。」

「あなた独身でしょ。キャッシュカードは持っているはずです。」

「確かに。けれど、二十万円はほとんど使い果たして、銀行には明後日の給料日迄の生活費程度しか残高がないんですよ。」

「何に使ったの、そんな大金。」

「飲み屋です。」

「小さい悪魔だから、かわいそうと思って許そうとしたのがわたしの間違いね。本署まで付き合って戴きます。」

「そんなことおっしゃいますけど、私が派出所にいない間、代わりの者がいないじゃありませんか。」

「あなたがいて間違った情報を流すのと、人伝えで正しい情報を得るのと、どちらが理に叶っているかしら。」

「こちらが丁寧に附き合ってやればやるで、この始末だ。ご用件は御主人がお釣二百四十円と東区役所前までの回数券を欲しがっているということでしたよね。二百四十円は、ほれ、この通り代理人の私が返却しましょう。回数券も私が販売しているんですよ。詰所まで来て下さい。」

「あなたきたないわね。」

「回数券はいらないんで？」

「いるわよ！」

「一万円札ありますか？」

秋子は叩きつけるように一万円札を突き出した。

「代金は七千六百円。二千四百円と二百四十円で合計で二千六百四十円のお釣となります。なあに、私のアルバイトってのはこのことでしてね、マージンを取っているだけのことですよ。」

国広は首を長くして秋子の帰りを待っていた。あれこれ思い悩みながら、立ったり、座ったりしていた。


「只今、あなた、遅くなって御免なさい。」

「おお、秋子か、お帰り、待っていたぞ。」

「バスの釣銭は返してもらいました。それから、回数券も買って来ましたわよ。」

「済まなかった。それにしても、よくそんなことが出来たものだ。とても信じられないよ。」

「今は説明するのがとても疲れますから、控えます。でも、これで『ぬくもり相談事務所』に気軽に行けるようになりましたわね。」

「お前のお陰だ。有難う。」

「今何時かしら？」

「三時だよ。」

「三時ですって？　もうそんな時間ですか。昼食の支度を早くしなくちゃいけませんわ。」

「あり合わせのもので構わないよ。」

「身欠き鰊を焼いて食べたらどうでしょう、生味噌を付けて。茗荷もありますから、もしお食べになるんでしたら、千切りにして味噌和えも作れますが、いかがですか？　何か味噌味のものばかりになりましたけれど。」

「全くそれで構わないよ。和布があるんだったら、それで味噌汁ってのも構わないよ。」

「全部味噌味で統一という訳ですね。沢山ありますわよ、和布。」

「今日の昼飯はそれで行こう。決まりだ。」

「あなた、こんな時間ですけれど、ビールお飲みになる？」

「ああ。」

秋子は台所の方へ行って料理を始めた。缶ビールとグラスを取りに、国広も秋子の後を追い掛けるように台所の方へ行った。そして、国広が後ろから料理を作る様子を眺めていたので、秋子は事の始終を話し始めた。国広は秋子の話に耳を傾けながら、憤慨していた。そうこうして、秋子がくるりと後ろを向いて冷蔵庫の扉を大きく開けたので、国広はチルドにすうっと手を伸ばし缶ビールを一本取り出した。国広は手に触れた缶ビールを潰さんばかりに力を入れて握っていた。

やがて秋子の話が終わると、缶ビールとグラスを持って、国広はリビングに戻って来た。ソファーの上でプシュと缶ビールのタブを開けてグラスにビールを注ぎ込む。そして、煙草に火を点けた。国広は煙草の煙を喫い込みながら、「俺の人生は煙草程にも充実していないのだ。」と、自分に言い聞かせていた。

身欠き鰊が焼けたのであろう。秋子は身欠き鰊と茗荷の味噌和えを盆に載せて、リビングにやって来た。

「あなた、本当に明日の朝、例のお婆さんの座っているバスに乗るんですか?」

「ああ、俺は三度迄人を信ずる。明日も例のバスに乗るよ。」

国広はそう言って焼けた身欠き鰊に生味噌を付けて食べ始めた。秋子は慌しく御飯と和布の味噌汁を持って来る。国広は御飯を口の中に放り込んで味噌汁を啜るのであった。

「あなた、忘れていました。先日山杉さんから信玄揚を戴いていたんですよ。食べますか?」

「おお! それを早く言ってくれよ。適当な大きさに切って焼いてくれないか。お前も食べるだろ。」

「ええ、三枚戴いたんですが、取り敢えず一枚でいいかしら?」

「一枚でいいんじゃないか。身欠き鰊もあることだし、キッコウシンはあるかね？」

「まだ残っています。」

程なく焼きたての信玄揚とキッコウシンを盆に載せてリビングに戻って来た。

「俺ははっきり言って、真昼間だが、ぐでんぐでんに酔っ払って眠ってしまいたいよ。今日はもう十分疲れたよ。」

「あなた、酔うのは構いませんが、しっかり食事はとって下さいね、お願いしますわ。」

「ああ、食べるだけ食べるさ。そう、眠るんだよ、明日の朝迄、へべれけに酔っ払って、たっぷり食った上に、たっぷり酒を飲んでね。身欠き鰊もうまい、茗荷もうまい、和布の味噌汁もうまい、信玄揚もうまい。うまくないのはこの俺一人だけだよ。」

と言って、国広は貪るように食べ、ビールをがぶがぶ飲んだ。秋子は一緒に食事をしながら、夫の姿を見ていた。国広は食事が終わる迄一言も話さなかった。その頃には、酔いのためにふらふらになっていた。ふらふらしながら食卓を離れ、寝室の方へと歩を進める。

「あなた、大丈夫ですか？　さあ、わたしの肩に摑まって下さい。」

そう秋子は言いながら、国広の右隣にやって来た。国広は秋子の肩に摑まって寝室に行った。衣服をそこらじゅうに放り投げながら、国広はパジャマも着ずに蒲団の中に潜り込んだ。そのまま翌朝迄眠る心算だ。秋子は夫の姿をじっと見詰めていた。夫の苦悩に思いを馳せていたのだ。が、国広はそのまま本当に眠ってしまった。そこらじゅうに放り投げられた国広の衣服を夫が眼を覚まさないようにそうっと秋子は拾い始めた。自分の非力を感じた。夫を勇気づけ励まし飲食の支度をするのが精一杯であった。そう力を尽くしても夫が再就職先を見つけ得るという保証は何処にもなかった。

一体誰が年金の支給を七十五歳に迄引き上げたのか。そして、一体誰が六十歳以上の無職者の酒税を三倍にしたのか。少なくとも自分や夫、所謂一般庶民が望んだことではないし、勿論法律の案件だとしても賛成したはずがなかったことである。六十歳で定年退職してすぐに再就職先が見つかるならまだしも、事実は全く逆ではないか。

秋子はリビングに向った。コーヒーでも飲むことにしたのだ。やっぱりアイスコーヒーがいい。冷静になるために。しかし、冷静になったところで何か事態でも変わるのだろうか。この閉塞的な事態が好転するとでもいうのか。

コーヒーが出来あがったようだ。秋子は台所へ向った。機械的に戸棚からグラスを取り出し、機械的に冷凍庫から氷を取り出した。グラスへ氷を五、六個入れる。次に氷の上から熱いコーヒーの液体を流し込む。アイスコーヒーの出来上がりだ。秋子は右手にグラスを持ってリビングに戻って来た。そして、一口アイスコーヒーを飲んで、卓の上にグラスを置いた。

さて、何が変わったのであろう。別に自分の心は乱れていない。冷静そのものだ。こうしてアイスコーヒーを気軽に飲める。考えてみれば、こうしたことはありきたりのことではないのだ。自分の夫が、国広が何とか新しい就職先を見つけることが出来なければ、こうした平凡極りない生活の維持さえも困難になってしまうのだ。平凡ということの何と貴重なことよ！

そんなことを考えていると、頭の中で考えがぐるぐる廻った。秋子はまるで酔っ払いになったような気がした。本当に酔ったのではないかと、秋子は両頬を双手で触れた。熱くない。酔っ払ってなんていなかったのだ。冷静に考えれば、酔っているはずなどなかった。酒など一滴たりとも飲んでいなかったのだから。そうだ、あれやこれやという想念が脳を麻痺させようとしているのに違いない。

そうした一連の脈絡ない考えから、はっと我に返ると、寝室から夫の鼾が聞こえて来た。夫がこんな鼾をかくとは何と珍しいことか。いや考えようによっては、夫がこんな鼾をかくことは当然と言えば当然ではないか。自分以上に夫は夫婦という二人の問題に関して悩んでいるのだから。鼾が煩いなどと一体誰が言えようか。悩める者の当然の権利と言うものだ。それは困難に誠実に立ち向う者の細やかな抵抗ではなかろうか。

夫の鼾は言ってみれば煙草の煙のようなものだ。眠ろうとする者には騒音であり安眠を妨げるものに違いない。安眠は延命を助けるものだ。煙草の煙など短命を助長するものであっても、延命を助けるには程遠い存在だ。しかるに、何故夫の鼾を当然の権利として認めるのであろう。蠟燭一本の焰の命、それを奪い取られてしまわぬためではないか。自分という一本の蠟燭に、じりじりじれったい程の時間をかけて火を灯してくれたのは、他ならぬ夫の煙草の火ではなかったか。そこから煙って立ち昇る煙草の煙が厭わしいと言えようか。夫という一本の煙草は今まだ燃え続けているのだ。この一本の煙草の火を決して消してはいけない。そのためには一体自分は何をしなければならないのだろう。秋子はそんなことを考えながら、グラスに残っているアイスコーヒーを一気に飲み干した。決して夫を退職者と思うまい。決して夫を高齢者だと言ってはなるまい。だいたい退職などというものは、単に個人とある組織の契約の終わりに過ぎないではないか。

生きるために本当に必要なのは、精神的な飢をどう解決するのかという問題であり、あるいは己の生体力学に対して、どう、それを抑制するかということだ。その他に何を自覚せねばならないと言うのだろう。

それでは、一体誰のために自分たちは生きているのだろうか。子供達のためであろうか？　そればかりではなかろう。自らのためにも自分達は生きているのではないか。

生きるということは実に恐ろしいことだ。死ぬ以上に恐ろしいことかもしれない。生とはある生けるものの犠牲によって叶えられるものでしかない。自分が生きているということはそれだけで罪なのだろうか？　そう、それは罪に違いない。そんなことなら、一層二人は死んでしまった方がいいんじゃないだろうか？　しかし、誰にも自分達二人を殺す権利はない。

そこには何もなかったのだ。今こうして、自分達夫婦は生きているのだ。全く疑う余地はない。そんな状況にあるのに、何故震える必要があろう。むしろ、己の罪深さを自覚し自己批判している限り、許されるべきなのに、何故ある瞬間から冷笑されねばならないのだろうか？

老いとはそれ程汚わしいことであろうか。そんなことはないはずだ。老いた今こそが自分の人生をより深く凝視出来るのだから、自分がこの歳迄生きていたことに感謝しなくては、と思った。

そんなとりとめのないことを秋子は考えていた。夫はどうやら目を覚まさずに新しい朝を迎えそうである。秋子は一人で細やかな夕食を済ませて、夫が鼾をかいて眠っている寝室に向った。就寝するには少し早かったが、眠ることにした。

秋子が目を覚ました時には、国広の姿はなかった。朝六時半であった。夫は例のバスに乗るために、既に出掛けてしまっていたのである。ふと秋子は思った、『何故、夫はわたしを起こさなかったのだろう？』というのも、夫は碌々食事の支度も出来なかったからだ。恐らく何も食べずに、出掛けてしまったのだろう。アイロン掛けされたワイシャツがあっただろうか。否である。そう思うと、夫が憐れで仕方がなかった。

〼〼〼

国広は当然ながらバスに乗っていた。最終の列の座席の真中に座っていた。勿論、あの老女の隣である。

「檀那さん、約束通り来られたのう。どうやら、心変わりはされなかったようじゃ。あそこに行くことに関してじゃが。」

と、老女が切り出した。

「いやはや、そのワイシャツはアイロン掛けされておらんようじゃのう。それでは『面接』なんぞ受けられませぬぞ。」

「私は今日何が何でも『面接』を受けなくちゃいけないとは思っておりません。百三十六階の待合室までの道順さえ判ったら、もうそれだけで十分と考えています。」

と、国広は呟くように言った。

「しかし、それがそううまく行かないんじゃ。何しろ出口が面接官の通路に繋っているのじゃからのう。運悪く面接官と鉢合わせになって悪い印象を持たれたら、すべてがパーというものじゃ。さあ次の停留所で降りてお帰りなされ。」

と、老女はきっぱり言った。

「何ですって⁉ それならパリパリのワイシャツ着て出直して来ます。それ迄あのビルの一階で待ってて戴けないでしょうか？ 例のお礼はその時致しますから。」

と、国広は恐る恐る訊いた。

「それは訊かれるまでもなかろうて。」

と、老女はそっけなく言った。

「そんな判決の言葉など聞きたくもなかったんです、実際！」

と、国広は絶望のあまり、自分が何処にいるのかも忘れて、叫び声を上げてしまった。

「そんな馬鹿な‼」

　すると、バスの乗客が皆一勢に国広の方をじろりと見た。右隣りの乗客など「実に見苦しいお振舞ですな。」と、国広の耳に向って言った。国広はハッとして我に返りながら、自分の演じた狂乱劇に慌てふためいた。そして、またしても我を忘れてしまった。すると眼の前が真暗くなった。

「お芝居が過ぎますぞ。」

　と、またぞろ右隣の乗客が国広の耳に向って言った。

「いやはや、失礼、失礼、いや実に失礼なことでして。」

　と、国広は気絶すんでのところで我に返りながら囁いた。『ちえっ、このくそ婆め、何様の心算だ！　全く俺のこれからの人生の決定者が自分だと言わんばかりじゃないか。実に馬鹿馬鹿しい、うんざりもいいところだ！　俺は一丁上がりって次第さ。ええい、もう判った！　こうなったら次で降りるんだ！』国広は心で叫び声を上げながら、降車ボタンを押した。ところが、タイミング悪くバスが停留所を出発して十秒ぐらいしてから、降車ボタンを押していたのだった。流石に運転手も頭に来たようで、「降車マナーを守るよう御協力下さい。このバスは次の停留所まで止まりません。御了承願います！」と、車内放送を流した。国広は朶が真っ赤になってしまった。国広が次の停留所で降りたのは言うまでもない。

「しかし、こんな所で降りたってどうしようもないじゃないか。テクテクテクテクシーで帰ろとでも言うのか。ええい、こういう時に一杯ありゃいいんだよ！　だいたい、酒やビールの自販機が日本から消えちまったというのは実にふざけた話だ。飲みたい時に飲めるから意味があるんじゃないか。ええい、畜生！　あそこの赤提灯に押し掛けて、叩き起こしてやろうじゃないか！」と、他人にも聞こえるような大声でぶつぶつ言って歩いた。

赤提灯に着くと、ものすごい力で戸を叩いた。

「酒だ！　酒だ！　酒だ！　戸を開けろ!!」

と叫び声を上げる。すると二階の窓が開いた。

「お客さん、うちは朝しか営業してないんですよ。わたしらだって眠る権利があろうってものさ。」

「それじゃ焼酎一本売ってくれませんかねえ、御主人!?」

「2.7ℓ七千円なら売っても構いませんがねえ。」

「よし、取引成立だ。グラス付き2.7ℓで七千円也だ。」

「そんじゃ檀那、持って行きあすで。」

と、赤提灯の亭主が言った。亭主は二十秒もするとグラスと焼酎2.7ℓを持って戸口の方へ降りて来た。亭主は戸を開けて右手を出す。国広はその手に五千円札一枚と千円札二枚を重ねて渡した。しばらくすると、2.7ℓの右手とグラスを握った左手がぬうと伸びて来た。国広はそれらをすばやく受け取って、ふらふらとあてどもなく歩き出した。

『要するにこの際、ベンチが必要なんだ。適当なベンチが！　ベンチだ！　ベンチだ！　そう公園さ。公園に行こう。』何かに引き付けられるように、ベンチのある公園にやって来た。

「おお寒い！　酒だ、酒だ！」

国広は既に焼酎のペットボトルのキャップを開けていた。そうして、二十度の焼酎をグラスになみなみついで、一気に飲み干した。

「檀那、あっしにも恵んで下さいやせんか？」

と、ベンチの下から声がした。

国広は、「あっ！」と叫んで跳び上がった。

「ねえ檀那、あっしにも恵んで下さいましよ！」

と、再び声がする。国広はベンチから50センチ離れた所から、体を後ろにねじってベンチの下を捜すように見詰めた。ひねった体の正面の方に足をくるりと向けて、もう一辺よく見た。それは唯の路上生活者の顔である。年格好は国広と同年代のそれであった。

「あんた、よくそんな所から他人の酒を強請れるものだ。どういう了見かね？」

と、国広は批判めいた言葉を落とした。

「まあ檀那、そう杓子定規に言われんでもいいじゃありゃせんか。」

と、老耄が尚も言う。

「ほ、ほう、なかなか正面な言い方ですな。それでは説明願いましょう。」

と、国広は老耄を相手にし出した。

「檀那、こう見えてもあっしは歴とした大学出ですぜ。あの時はよかったんでさあ。あっしがこの商売を始めた頃は、ウイスキーなら5ミリは残った瓶がごろごろでやしたね。実にいい時代であったじゃありやせんか。ところが今はどうです。どの酒瓶傾けても一滴も出て来ねえんでやんしてね。それこそ、ワンカップ一杯分の酒を集めるのに、どれ程あっしが苦労しているかなんて檀那には想像も出来やせんでしょう。そういうことなんでさあ。」

「今は不自由しとると言いたいんだね？」

「その通りでやすよ。あの頃は、雨宿りする所があったら、それこそ極楽でやしたよ。春にゃ、朝から花見酒ってやつでやんしてね。なにしろ、一時間『夜廻り』するだけで一升瓶が一杯になったんでやんすからね。雨が降ろうと、そうでやすとも高架高速自動車道の下じゃ、天然蒲団で寝るだけでやんしたからねえ。」

「要するに、くどいようだがね、なかなか酒にありつけないという訳だね。そんなことは、すっかり白状した方が宜しい。ありのままをね。」

「檀那、あっしはここで少し肩の荷を下ろしていいんでやんすか？」

「ああ、下ろせるものなら下ろしてみろ。」

「このどんぶりに三分の一、いや四分の一でもそれを注いで下すったら、ああ、それはあんまりの幸でやんすよ！」と、老耄が涙声になった。

「畜生、そんなに演技が決まっちまったらどんぶりの半分は入れんとな。」

「ねえ、檀那、あっしのような虫螻のような存在でも飢えるんでさあ。」

国広は汚いどんぶりに焼酎を注ぎながら、

「あんたにも飢える自由ってのがあるらしいね。」

と言った。

「とんでもありやせんや、檀那。あっしが飢える時にゃ、魂は此世にゃありゃせん。」

「ほら、もういいだろ、このくらいで。これがあんたの演技料というものだ。」

「これはもう、自分の誕生祝をして戴くようなもんで！」

「時におたくはそんな身で死というものを真剣に考えたことはないのかね？」

「こりゃうまいでやす！　腸《はらわた》が泥鰌踊でさ、あっちこっちが跳ねているんですぜ。腸には死なんてありゃしやせん。あっしは生きる迄死にゃしゃせん。これがあっしの確かな信念でやんすよ。」

「何？　生きる迄死なないんだって！」と、国広は驚きながら、グラス一杯に焼酎を注いだ。

「一体どういう意味かね、生きる迄死なないとは？」

「それりゃ、檀那、酒を飲んでも腸が泥鰌汁にならない時でさ。腸の感動が脳味噌に伝わらないって現象でしてね、腸の喜びを脳が無視しているってことじゃありやせんか。あっしはこれでも考えているんですぜ、腸の笑いが脳味噌まで流れて行かない瞬間を。そりゃもう、毎日の恐れに他なりやせん。だからこそ、こんなに檀那にしつこくしがみつく理じゃありやせんか。檀那がいなけりゃ、今生きている保証なんて何処にもありやしやせん。あっしらの生活なんてみんなそんなもんでさ。檀那が今あっしの命を一週間延ばしてくれたじゃありやせんか。」

「人間の命って、そんなにはかないものかね？」

「あっしらの商売は、死刑囚の命のようなもんで、何時天に召されるのか判ったものじゃありやしやせん。そんなはかないもんでさあ。」

「それであんたは満足しているのかい？」

と、グラス一杯の焼酎を一気に飲み干して国広は言った。

「あっしらには満足も不満足もありやしやせん。今食えるか食えないかが問題なんでやすよ。」

「それじゃ、あんたは自分を見殺しにしているのかね？」

「檀那、あなたがここに来なけりゃ、こんな話も出来やしやせん。ただひたすら檀那のような存在を待つのみでさ。」

「いやいや、だからあんたは自分を見殺しにしているんじゃないのかね、と訊いておるんだよ。」

「自分を見殺しにしておいて、檀那とこんな話出来やすでしょうか？　生きているからこうして檀那と話しているんじゃありやせんか。あっしらの生命はこういう関係に依存しているんでやすよ。あっしらのような者でも、自分を見殺しにしていいなんて考えておりゃせんのです。誰にもあっしらの命を奪う自由などありゃしゃせん。」

「まあそんなものだよ。人間には生きる自由はあるのさ。しかし、死ぬ自由なんてある訳がない。どうやら地獄は生きているうちにやって来なくちゃならない寸法さ。食えない飲めないってやつだよ。そういう訳だからせいぜい飢えたまえ。私とは別の人間があんたの飢えを凌いでくれよう。しかし、腹三分目くらいにしておきなさいよ。満腹して寝たら凍死だなんてならんともかぎらんからね。」

「檀那、それは違いやすぜ。人間とは死ぬ自由はあっても、生きる自由などありゃしやせん。」

「いやいや、それは違うね。あんたは死ぬ自由があると言っておきながら、飢えるとは何事だね。私に言わせれば、死ぬ自由がありながら、飢える自由などあるはずがないと思うがね、私の焼酎をたっぷり飲んでおいて、そんな勝手なことは言わせておかんぞ、君!! よく判っているのかね⁉」

「檀那、そんなお固い説教めいた話はよして、あっしに、もうちとそれを恵んで戴けやせんですか？」

「そうら言ったことではない。あんたは生きる自由しか考えていないのさ。『私には生きる自由はあっても死ぬ自由はありません』と唱えてみたまえ。そうしたら、もう少し焼酎を恵んでも構わんさ。さあ、どうするかね？」

国広に急き立てられて、老耄は言われるがままに『私には生きる自由はあっても、死ぬ自由はありません』と唱えた。

「まあいいだろう。どんぶりを出したまえ。」

老耄が空のどんぶりを差し出すと、三分の一程国広は焼酎を注いだ。それから、自分のグラスに焼酎をついで、三度一気飲みした。老耄はアルコールがまわったと見えて、今にも眠ってしまいそうであった。国広はなおも一気飲みを繰り返していた。だんだん何もかもが面倒臭くなって来た。酔っぱらって来たのである。こんな所では眠ってはいられない。そう思って国広はふらふらしながら、ベンチから立ち上がり、右手に軽くなった焼酎のペットボトルを持ち、左手にグラスを握って、千鳥足で蛇行しながら自宅へと向った。

⁂

気が付くとカーテンの隙間から朝日が洩れている。午前七時半過ぎであった。依然意識は朦朧としていて、どうやって自宅に辿り着いたのか記憶にない。

「畜生！　またしても一日を無駄にしてしまった！　疲れている自由もなくなっちまったらしい！」

と、国広はブツブツ独り言を言いながら部屋を見廻した。秋子の姿がない。国広は掛蒲団を撥除けて立ち上がり、パジャマ姿でリビングへ行った。秋子がソファーに腰掛けてコーヒーを飲んでいた。国広は胸が急に苦しくなった。

「あなた、アイスコーヒーでもお飲みになる？」

「ああ、頭を冷やさなくてはいかんようだ。」

「老婆に何か言われたのですね？」

「ああ。」

「何を言われたのですか？」

「アイロンも掛かっていないワイシャツ姿じゃ、百三十六階には行けんとな。」

「どうしてですか？」

「業務用のエレベーターを使って行くと、出口が面接官の通路とぶつかってしまうらしい。もし鉢合わせになって、みっともない服装を見られてしまったら、面接がパーになってしまうとそういう訳なんだよ。」

「老婆が言ったのですね？」

「そうだよ。だから、出直して来るから、磯崎ビルの一階で待っていて欲しいと言ったんだが、駄目だと言うんだ。それで自棄《やけ》を起こしてへべれけになるまで飲んでしまったのさ。」

「老婆にあまりにも振り廻されていますわ。どうしてそんなに振り廻されるのでしょう。老婆の言う通り磯崎ビルの四本のエレベーターが全部出鱈目だとしても、百三十六階に行ける人もいるのですからベストを尽くすべきよ。老婆に振り廻されてはいけませんわ。辛抱強く門を叩けば、きっと百三十六階に行ける日が来ます。そういう希望を持って、四本のエレベーターに向って欲しいと思います。」

「確かに、お前の言うことが本筋かもしれないが、業務用のエレベーターを使えば間違いなくすぐ百三十六階に行けるんだぞ。」

「百三十六階に着いてからも、老婆を当にしなくちゃいけませんわ。本当にそれでいいのかしら。」

国広は言葉がなかった。自分の生殺与奪の権を老女に握られているようなものだからだ。ではどうしたらよいのだろう。秋子の言葉に従えばよいのだろうか。四本のエレベーターの出鱈目ぶりに耐えられるだろうか。それより、あの女従業員を殴らずに済むだろうか。多分無理だ。とすれば、老女の操り人形になりきればよいのか。そうではあるまい。唯々諾々と従っているように見えるのは外見だけだ。こっちは方法を盗み取るだけでいい。それ以降は老女など一切必要ではないのだ。

「老婆を当にしたからと言って、盲従している訳ではない。会場に辿り着くテクニックが知りたいだけで、テクさえあれば老女は御払箱だよ。それ迄の辛抱さ。」

「あなたを追い返しておいて、それでも信頼出来るかしら、その老女。途中で帰されたあなたがどんな行動に出るかぐらい、想像がつくというものですわ。」

国広はまたしても言葉がなかった。秋子は決して国広を直接責めないのだ。何とかして国広を老女から切り離そうとしている。すべての責任は老女にあるのだ。それでは秋子の言葉に従えばよいのだろうか。責任は老女にあるのだから、老女に責任を取ってもらわねばならないではないか。

「そこまでこの俺を追い詰めたからには、あの老婆は百三十六階のエレベーターから会場までの出口への道順を俺に教える責任があろうというものだよ。そうは思わんかね？」

「いいえ、わたしはそう思いません。」

秋子も頑としている。夫に気安く老女を当にして欲しくないのだ。何処までが本当で、何処からが嘘なのか判ったものではない。秋子にはそんな気がしてならないのだ。

「秋子、俺は人を三度迄信ずると言ったね。今のところ老婆は俺を突き放しはしたが、嘘は言っていない。老婆も三度迄だよ。信じ切っている訳ではないのさ。判ってくれないかね。」

「あなたがそこまでおっしゃるのなら、この話を続けるのはもうよしましょう。今日は家でゆっくりなさいますか？」

「朝食を済ませたら、一寸出掛けることにしよう。」

「何処か当でもありまして？」

「いや、ぶらっと出掛けるだけさ。」

「トースト食べますか？」

「ああ。」

秋子は台所に行って電子レンジに食パンを一枚入れ、オーブンで二分にセットした。

「あなた、今、氷とグラスを持って行きますから、アイスコーヒーでも飲んで待ってて下さい。」

「それじゃ九時半過ぎに家を出ることにしよう。」

国広は家を出るとどういう訳か酒屋に向っていた。先程気不味い思いをしたばかりなのに、足がひとりでにそちらへ向って歩いていたのだ。今時分はもう酒屋が開店しているはずだった。五分程歩くと案の定開店している酒屋が現われた。国広はゆっくりと店の中へ入って行った。

「いらっしゃいませ。」

「あの2.7ℓの焼酎はいくらかね？」

「失礼ですが、お客さんは何歳でいらっしゃいますか？」

「六十歳だが。」

「お務めですか？」

「いや、退職したばかりだよ。」

「それでは四千五百円となります。」

「職に就いていたらどうなるのかね？」

「二千五百円となります。」

「えらい違いじゃないか。」

「酒税が三分の一となりますので。」

「務めていると言えばよかったな。」

「胡魔化しは利きませんよ、お客様。嘘だと思った時は社員証を見せてもらっていますから。」

「誰でも社員証を持っている訳じゃないだろう。」

「見た感じで六十歳以上か、そうでないかはすぐにピンと来ますので、混乱することはありません。第一お務めの方がこんな時間にお酒を買いに来るのは珍しいですからね。」

「それにしても高いな。」

「これは法律で決められていることですから。」

「差額は全部政府が戴くのかね?」

「その通りです。」

「酒屋の懐には一銭も入らないとね。」

「おっしゃる通りです!」

「ここでこっそり俺を六十歳未満で扱わんかね。一割はあんたにくれてやる。どうかね、悪い話じゃないだろう?」

「せっかくですが、お断りします。バレますと見つかった銘柄の酒税の三百倍も政府に払わなくちゃいけませんから。」

「そりゃまたべらぼうだな。」

「納得戴けましたでしょうか？」

「しかし、こっそりやれば判らんだろう？」

「壁に耳あり口ありです。安心出来ません。」

「随分杓子定規じゃないか。」

「お客様、2.7ℓはいるのですか、いらないのですか？」

「そりゃ勿論いるに決まっているじゃないか。」

「はい、それならば四千五百円となります。」

「仕方がない。一万円札で構わないかね？」

「ええ、結構でございます。」

「それじゃ、この通り一万円だ。」

「五千五百円のお釣となります。毎度有難うございます。」

ちえっ、馬鹿馬鹿しい限りだ、人を人とも思わぬ法律なんか決めやがって、まったく頭に来るぜ、と国広はボソボソぼやきながら酒屋を後にした。酒屋を出ると、バス通りまで戻った。そして、バス通り沿いに東区役区所方向に歩いた。二十分程歩いてようやく昨日の公園の所までやって来た。例のベンチが見える。路上生活の老耄はいるだろうか？　国広はゆっくりベンチに近付いて行った。

「酒はいらんか、酒は？」

その声を聞いて、老耄はベンチの下でもそりと動いた。

「あっしに言っているのでありやすか？」

「君以外に誰がいる？」

ベンチの下から老耄が国広の顔を見上げて言った。

「今日も酒にありつけるんで？　この上ない幸せでやんす。時に檀那、あっしに入れ込んでどうなさるんでやすか？」

「君の名講義を聴こうと思ってね。まあその前にグッとやりなさい。」

「名講義でやすか？　おうっ、とっ、とっ、とっ、零れるところでやした。それでは遠慮なく戴きやす。」

老耄はなみなみと焼酎の入ったドンブリを傾けながら続けた。

「これはうめいや！　檀那に感謝しやすで。」

「感謝する気持ちがあったら、講義を聴かせてくれたまえ。君は大学出だと言ったね。何か一つや二つ記憶に残る話でもあるだろう。それを聴かせてくれないかね？」

「あっしの講義はしやせん。昔あっしが学生時代に聴いた印象深い話を再現しやしょう。その前にもう一杯もらえやせんか？」

「いいだろう、さあ飲みたまえ。」

「うめいや、それじゃ始めやすで、檀那。」

これから「複雑」と「曖昧」ということについて話してみたいと思います。「複雑」と「曖昧」という言葉を同意義語と思っていらっしゃる方が案外多いのではないでしょうか？　しかし、残念ながら、この二つの言葉は決して同意義語ではありません。私は常々考えていますが、「はい」でも「いいえ」でもない答えをした人の態度は必ずしも「曖昧」ではないと。

そこで「曖昧」とは何ぞやということになりますね。例えば、こんな場面を想像して戴けないものでしょうか？　夫とその妻が自分の子供の進学問題を議論している。そこに我が子が居合わせたので、進学するのかしないのか詰問したと致しましょう。その時子供はびっくりしたような顔をして、もじもじしているのです。そして、最後に「僕には判らない」と答えたようなものです。つまり、「曖昧」とは「自分の態度決定の留保」ということになります。

次に「複雑」とは何ぞやということになりますね。想定は先程と同様に夫とその妻が自分の子供の進学問題を議論していたと致しましょう。そこに当の息子が帰って来て、「腹へった、何か食うものない」と言い放ったようなものであり、あるいは「今僕はテレビでも見たいよ」と言ったようなものです。即ち、夫婦の会話の話題とは別次元の息子の態度の表明であったのです。これが「複雑」ということになりましょう。これこそ正に「はい」でも「いいえ」でもない、全く息子独自の考えの表明であったと言えますまいか？

本題から逸れてしまいますが、まあお聞き下さい。理想が独善を生むということは本当です。マルクスの「神」のない「理想」はやがて独裁者を生み、米ソの対立という冷戦構造を醸成し、世界をはらはらさせた事実は記憶に新しい。それはマルクスに限らず、あらゆる「理想」の孕む問題です。世界が平和に暮らすためには、「理想」は不要と言っても過言ではないでしょう。一人を崇めるのは「理想」の全体主義的な組織を作るためには、それこそ理想的ではあります。しかし、ピラミッド的組織は「甘汁」吸収体になり下がって、やがては独裁者を生むことになってしまいます。つまり、「理想」はイエスマンの集団を生む訳です。他の「理想」にはノーを叩きつける。人間が地球という一個の融合体に住んでいる以上、「はい」と「いいえ」だけでは物事が解決出来ません。「はい」でも「いいえ」でもない「複雑」な答えが必要とされる訳です。

私の愚昧なる頭で考えますに、もう少し詳しく言えば「複雑」とは次のようなことではないでしょうか。

先程触れた話の繰り返しになりますが、息子の進学問題で夫婦が議論しているのは「はい」と「いいえ」との対立ですが、「進学問題」に変わりはありません。ただその時息子が、「腹へった」と言った場合、夫婦の会話と息子の発言がどういう関係にあるかということになりますね。「腹へった」という息子の言葉を聞いた妻の方は食事の支度をしないでいられましょうか？　いいえ、するに決まっています。この「複雑」な関係は「家族関係」という別概念に置き替えられます。

あるいは、ある親しい二人の男達が「明日は釣りにでも行こうよ」と話し合っている所に、別の仲間が偶然現われて、「今日は天気がいいですな」と、二人の男達に声を掛けたようなものではありませんか。「釣り談議」という概念から、「友人関係」という「複雑」な関係に起き替えられてしまっているのです。

一見何の関係もなさそうな息子の発言や仲間の発言は、実は関係が大ありなんですね。それらは決して「自分の判断の態度決定の留保」という「曖昧」な態度ではありません。自分独自の態度の表明に他ならないでしょう。

こういうことは日常茶飯事的に起き得ることで、一蹴してしまうのは簡単なことですが、人の第三意志表明を無視し続けると思わぬ惨事に遭遇することに

なるかもしれません。例えば、受験勉強を強要され、心身共に疲れ果てて自殺
してしまった学生のようなものではありますまいか。「複雑」と「曖昧」を取り
違えないように気を配らなければならないのですよ。
「複雑」とは何やら得体の知れない「曖昧」なものではないのです。ある概念
とある概念が対立しているところに、双方に対して対立しない概念があるとい
うことです。「今日」か「明日」かで揉めに揉めているところに、「太陽」が照
っているようなものではないですか。「今日」か「明日」かという問題と「太陽」
とどんなかかわりがあるかということになりましょう。「太陽」の下で行なわれ
ている「今日」か「明日」かという議論は、「一風景」と言えないでしょうか？
皆さんがこのありふれた「一風景」に遭遇した時に、理解し難い「複雑」さを
感じ取ったとしても、決して「曖昧」さは感じないものと思います。「今日」を
「此岸」に「明日」を「彼岸」に置き換えて、「太陽」の立場から見るなら「此
岸」も「彼岸」も相対的なものであって、「此岸」を「彼岸」と言ったところで、
逆に「彼岸」を「此岸」と言ったところで、何ら変わるところがないではない
かということになります。が、対立が相対化されたからといって、事は、曖昧
になるのではなく、「複雑」なことに変わりはありません。

「複雑」ということは実に重大なことなのですよ。すべての事象を相対化させて、それこそ何やら得体の知れない「曖昧」なものにしてしまってはならないからです。「日本」があって「世界」があるのではなく、「地球」があって「日本」があるということを十分認識する必要があるからです。「日本」的な物差で計って理解出来ないことを「曖昧」だといって一蹴していい訳がありません。それでは「日本」を世界に合わせればいいというのでしょうか？　しかし、「世界」は何百箇国で出来上がっているというのでしょう？　「日本」と対立するアジアの国々は沢山ありますが、対立しない国々もあります。この「地球」という一個の融合体は、「複雑」な国々で出来上がっているのではありませんか。そういうことですから、「複雑」という問題を私達は避けて通ることが出来ない仕組になっているのです。是非理解しなければなりません。

では、「複雑」ということは、何か逼迫して解決しなければならない問題なのでしょうか？　解決して一件落着とすんなり治まる問題ではありません。先ず必要なことは、違和感を抱かずに「一風景」を眺めることから始まります。「一風景」をじっくり眺めた上で、自分と対立するものの他に別のあるものがあるのだと認識して行きます。認識を深めて凝視することになりますね。そして、その凝視のうちに何が判ってくるのでしょうか？　つまり、それは話は元に戻って行きますが、こういうことだと思います。「一風景」の中にある「太陽」の存在が、「今日」か「明日」かの議論と決して無関係ではないというまぎれもない事実を理解することです。そこに「太陽」がなければ、そもそも「今日」か「明日」かという議論がナンセンスだと気付くはずです。「太陽」とは偶然生じた存在ではないからです。

「釣り談議」から「友人関係」に変わった話に戻して、別の仲間の存在は偶然のいたずらのせいだと言うのでしょうか？　別の仲間が二人の友人でなかったと仮定したら、偶然にも「釣り談議」が「友人関係」という新たな関係に変わりようがなかったのです。

すべては混沌のうちに関係し合っているのですよ。対立でもあり、相対でもあり、また対立でもなく、相対でもない「複雑」な関係、これが即ち人間獣の住む「地球」という一融合体の抱える問題です。

私は少なくとも、今、皆さんが「複雑」ということが「曖昧」ということではないと認識し始めているものと確信しております。私達日本人が単一民族で構成されているとしても、「地球」という一融合体に住んでいる以上、「複雑」

ということを理解出来る複眼視的なものの見方が出来るよう努力を惜しんではいけません。この一融合体は未だかつてない程激動しているからです。そういうものの見方が出来なければ、この激動の世界を生きては行けなくなってしまっているのです。時代の流れを見誤ってしまう恐れがあるからです。

確かに今日の現実は「不快」極まりない世相と言えましょう。この「不快」を本当の「快」に変えるためには、「複雑」という問題に玉砕覚悟でぶち当たって行く以外には、これといった妙案も考えられません。

宜しいですか、私はここで冒頭の言葉を繰り返しますが、「複雑」ということは、決して「曖昧」ということではないのです。同意義語でなぞ全くありません。呉々も誤解なさらないよう注意を喚起しておきたいと思います。

面倒がらずにすべてをじっくり眺めることです。最初はそれで十分です。現実から眼を背けることがなければ、何かがきっと見えて来ます。やがて、あるものとあるものとが関係している絡繰がきっと見えてきます。

そういう希望を抱いて、私の話を終了させて戴きたいと思います。

「名講義、名講義!!　どんどん飲みたまえ。なかなかやるじゃないかね。おはこはまだないのかね？　どうだね？」

「檀那、さあこのどんぶりにたっぷりと焼酎を注いで下しあさい。まだ一つぐらいはありやすんでさあ。」

「よしよし、注いでやろう。」

「おっとっとっとっとっ。」と老耄は言いながら焼酎の入ったどんぶりを傾けた。

「これはうめいや。檀那行きあすで。」

今日は、「三位一体」ということについてお話したいと思います。

⁂

純粋概念としての「無」がその内容として摂取すべき「有」は絶対一である。しかるに、絶対一と判断するからには一という概念実体がその論理的前提として肯定されなければならない。即ち、一という概念は、その内容として摂取されるべき概念実体としての一を持たなければならない。従い、一という概念と一の内容として摂取されるべき概念実体としての一との二元の対立を生ずることとなる。この対立が肯定されるからには、真の一、即ち判断以前の純粋体験を通して得られる実在としての一があらねばならない。前記より、一であると判断するからには、三元の対立を生ずることとなる。しかるに、一は三であり、三は即ち一である。

こういう説明だけでは、具体的に一が即ち三であり、三が即ち一であるとは容易に理解出来ない。何故に一が即ち三であり、三が即ち一であり得るのか、具体的に説明したい。

人間というものがこの世に誕生する以前は、絶対無もしくは名もない無限の「有」であった。机の形をした岩、椅子の形をした岩の凹、家の形をした洞窟、川の形をした水の流れ、飛行機の形をした始祖鳥、兎に角絶対無は名もない無限の「有」という実存であった。「実存」と言ったのは原初に実際に存在していたものであるからそう呼ぶことにしたのである。

絶対無は混沌という「有」であった。そこに突然奇跡的に人間という存在が誕生した。人間は考える存在である。自ら考えるが故に、自分の考えを何らかの手段によって自分以外の他者に伝えたいと苦悶していた。しかるに、そこには自ら限界というものがあった。あくまでも、ある漠然とした何かを心に抱いていたのであり、それを記憶しておくにも、他者に伝達するにも当初その手段がなかったからだ。叫びや身振りや手振りでは他者に対する伝達手段としては限界があったのである。そこに一つの異変という大事件がなければ、人間の存在も長くは続かなかったはずであろう。

ある「人間」が自分の今座っているもののことを何としても他者に伝達しようと思いあぐねていた。思いあぐねた末に「イス」と発音してしまった。それがそもそもの異変という大事件の始まりであった。この「人間」はいつも「イス」に座っていて、他者が来ると必ず「イス!!」と叫び声を上げた。しかるに、他者は事の次第が判らず、何辺もこの「人間」の座っている所にやって来た。

ある時その「人間」は、他者が来るのを待ち焦がれて呆然として立っていた。ひょいとそこに他者が現われたのである。当然のことながらその「人間」は「椅子」の方を指差しながら、「イス!!」と大声で叫んだ。そこで他者はその「人間」が今迄大声で叫んでいた理由が実はその「人間」の座っているものを「椅子」と伝えたかったのだと了解したのである。それが「言葉」という「概念」の誕生であった。つまり、「椅子」という概念が、「椅子」として摂取されるべき概念実体としての「椅子」を持つに到った。即ち、「椅子」という概念と概念実体としての「椅子」との二元の対立を生ずることとなった。この二元の対立が肯定されたが故に、真の「椅子」、即ち判断以前の純粋体験を通して感取される「椅子」という実存があらねばならなくなった。「椅子」という実存と概念と概念実体の三元の対立を生ずるに到ったことになる。

絶対無という無限の「有」は、実に一であり即ち三であり、三であり即ち一である。一は一の否定によって三であるのではない。人間が「一である」と判断するところに三が生ずる。そして、三は即ち一であるのである。

そもそも「椅子」という実存は何ものであるのか? それは無限の知恵である。人間が存在する限り、「実存」には「概念」と「概念実体」がつきまとう。

そして、第一「概念実体」が第二「実存」となる日が来て、第二「実存」が第二「概念」と第二「概念実体」を誕生させることになる。絶対無は無限の「有」となる。一の否定によって多が生ずるのではない。絶えず「実存」と「概念」と「概念実体」との関係に於いて、一は多であるのである。この原則は原子の世界にも適用される。中性子という「実存」は、電子という「概念」と陽子としての「概念実体」を孕んでいる。この「三位一体」が絶対無、即ち、無限の「有」の理である。そこには弁証法的止揚は存在し得ない。対立せるものすべて対立しながら一である。混沌が即ち一の原初に他ならない。

そもそも、「哲学」なるものの誤りは形而上学的に考える人間の思考を中心としたことにある。「我思う、故に我あり」ではない。「我思う」人間が存在しなかった時代には、絶対一しか存在しなかった。今の人類社会は絶対一から形而下的に生じた無限の「有」を示すことに他ならない。

従って、「統一」・「一元化」・「綜合」・「統合」・「止揚」とはすべて誤りである。「統一」するのは人間かもしれぬが、そもそもこの世は絶対一であったのであるから、形而上学的な思考は人間の傲りである。「圧政」、「専制政治」、「独裁政治」なるものは、すべて形而上学的思考に原因がある。「統一」するのではなく「融合されていた」ことを知り、「一元化」する前に、この世は絶対一であったことを知るべきである。そして、「綜合」・「統合」・「止揚」など、一を否定する事によって、多が生ずるという思考方式の誤りを知れば、形而上学的思考が人間の傲りであることが知れる。

では、「人間」とは一体何か？「太陽」にとってはそれは「概念」である。「地球」は「太陽」にとって「概念実体」である。「概念」のひとり歩きが形而上学的な思考である。「概念」がひとり歩きしてよいという勝手は許されない。形而上学的思考はすべてを破滅に導く。

「概念」の自由は何処にあるのかと疑問を呈するむきもあろう。「概念」の自由は「実存」の真の姿を饒舌に表現出来得るところにある。あらゆる表現は許される。しかし、絶対一を語るものでなければならない。何故か？それは概念実体として摂取されるべき「地球」が存在として伴わなければならないからである。概念実体を伴わぬ概念など存在基盤がない。「地球」を破壊する「概念」など、自らの存在そのものを否定することになる。故に、すべての思考は絶対一を原初として、形而下的であらねばならない訳である。

「ようこそいらっしゃいました。平井様、随分精力的に公演をしていらっしゃいましたね。そうですとも、実は、平井様にとびっきりいいお話をしようと思いましてね。まあ、お座り下さい。これは喜ばしいことです。お目出とうございます。」

と、安川は言った。

「とびっきりいい話ってどういうことですか？」

と、国広は尋ねた。

「本当に驚かないで下さいよ、平井様、今日をもって、あなた様は人生を目出度く退職なさるんですよ。私はこの素晴らしいお知らせをいつ出来るのかと、首を長くして待っていたんですからね。勿論退職ですから当然のことながら、退職金もたんまり戴けること受け合いです。ところで、色々な退職の仕方がある訳で、それによって退職金も変わって来るという具合なんでして、早速納得の戴ける退職の仕方について、お話しようではありませんか。」

「安川さん、人生退職とはどういうことですか？　私には何のことやらさっぱり判りません。」

「そんなに深刻に考えるのは止めましょう。その日になってから、バタバタとするくらい見苦しいことはありませんからね。文字通り『人生退職』なんですから。」

「文字通り『人生退職』ですって⁉」

「その通り、その通りなんですよ。物分りのいい人はやっぱり違うものですね。有終の美を飾れるか飾れないかは、全く『その人』にかかっているのですから。それではゆっくり平井様の退職の仕方について納得いく迄お話しましょう。」

国広は動転してしまった。眼の前が急に暗くなって来た。とても「納得いく迄」話なんぞ出来るはずがない。一体この絡繰は何なんだ。俺は悪夢でも見ているのか、と国広は自分自身に問いかけた。

「まあだいたい、人生の退職を迎えられる方々は、そのように陰鬱な顔をされますがね。」

と、にやりとしながら安川が言い出した。

「私どもはどれ程大勢の方々を天国に送り出したでございましょう。今は若い人間が枯渇しているのでございますよ。それは一体どうした訳でしょうか。言うまでもございませんが、老いが若きを追放しようとしているからですよ。これからのこの国を支えて行こうとする若者を。これを解決するために何をなしたらいいのかということは判りきったことです。出来るだけ速やかに、所謂『高齢者』に人生退職して戴かないといけないことになるのですね。この理屈は十分御理解戴けると思っています。なにしろ、この国の人口の四割が『高齢者』に該当するのですから。薄汚い言葉で申し上げますと、『大胆な間引』の必要があるという表現にでもなりましょうか。こんなおしゃべりをしている暇はなかったんですね。いえ、いえ、今日いっぱいで考えればいいのですから、十分時間がありますとも。それをするにはさほど時間が入りませんからね。

さて、その人生退職のコースなんですが、ずばり一番高い退職金が戴けるものから言って行きましょう。そうです、ここからが重要なんです。ようく聞いて下さいよ。冷静さがいるのですから。

ほっ！　ほっ！　では参りましょうか。私も官僚のなれの果てですから、この国の仕組はようく理解出来ている心算です。だからこそ、説得力のある話し方で、人生退職のコースを申し上げなくてはなりませんでしたね。ええ、そうですとも。高額退職金の戴ける人生退職の仕方というのは、ずばり『自殺コース』、次に『殉職コース』、そして『他殺コース』、一番安っぽいのが『コカインコース』なんですよ。実際『コカインコース』は一銭も退職金がもらえないんですから。私どもとしては実に残念ですが、冷静さを欠いて『コカインコース』を選ばれる方が多いんですよ。これ程誤った安易なコースはございませんね。それは、とりもなおさず、このコースを採って失敗された犠牲者があまりに多いからなんです。正に悲惨というものです。皆さん麻薬中毒の実態を知らな過ぎるんですね。第一御自宅でヤクぎれを起こしたら、どうなりますことやら。実際ヤクぎれで半狂乱になりましてね。交通事故死なさった犠牲者も多数います。あるいは半狂乱の上での飛び降り自殺ですとかね。それなら、最初から『自殺コース』を選ぶのが本当の冷静さと言うものではございませんか。」

国広は呆然として立ちつくしていた。何も考えられぬ程であった。勿論安川に対して何を話していいのか言葉さえ浮かんで来なかった。唯一国広が判ったことは、自分にはもはや生きることが許されていないのだということであった。正にケムレスの煙草の火元がへし折られようとしているのだ。煙草と違うのは、自分の一生が閉じられるのだということを、生命の灯を消されようとしている当の本人が知っていることだった。その重大な事実を知っていたからといって、どうすることも出来ない。秋子の行く末を考えるのが本筋であろうか、と考えもした。しかし、自分の存在を自覚し得る「意識」が自分の本意とは別に、異なった存在の手によって消し飛ばされようとしているのだ。

全く馬鹿馬鹿しい話ではないか。人生退職コースだと!! どいつらがこんな「親父狩り」を始めたのか？ あの婆さんの言っていたことが正しかったのだ。そう俺はあまりにもここへ来るのが早過ぎていたのだ。しかし、今更どうでもいいことだ。どのみち俺は「意識」の魂を、死を受け入れることを条件に売り渡さなければならないのだから。

「『殉教コース』として下さい。」

と、国広がか細い声で言った。これだけ言うのが精一杯であった。

「なるほど、ようくお気持ちが判りますよ。」

と、安川は満足そうな顔つきで言った。

「一体に人間にはプライドというものがございますからな。ご尤もな決断ではありませんか。生の尊厳を重んずる人の考えるコースではあります。そうと決りましたら、ちと、ことを急がねばなりませんな。このコースはそれはすぐには出来ませんのでね。絡繰を作らねばなりませんから。平井様、冷静になって下さいましよ。あなた様にはもう一度公演をして戴かなくてはなりません。あなた様の意見陳述に対して、強烈な反対意見を持った者が必要でございますから。演説中に暴漢に襲われるという寸法です。」

「私は公演のネタを考えるだけで宜しいのですね？」

と、国広は恐ろしく蒼ざめた顔で吐き出すように言った。唇は紫色になっていた。すべては自分の死に向っての手続き上の問題にしか過ぎない。しかし、こんな頭で公演のネタが考えられるであろうか。いや考えなくてはならないのだ。

「ご心配には及びません、平井様。ほんの短い公演のネタを考えて下さるだけで結構です。」

「うひょひょ、ははは。観念されましたかの、檀那さん！」

と、突然老婆が現われて言った。

「しゃ、社長!!　こんな所にどうして！」

と、安川は驚いて叫んだ。

老婆は安川の叫びを全く無視して、国広に向って言い出した。

「のう檀那さん、檀那さんの稼いだお金を場合によっては、この婆が返してもいいんじゃよ。ひとつこの婆と取引しませぬか？」

「何ですって⁉」

「檀那さん、これはあくまでも取引じゃ。わしがこの小切手に金額を書きサインをすればそっちの問題は片付くが、こっちの取引は片付かないんじゃ。」

と、言いながら老女は続けた。

「いずれにしても、檀那さんには選択の余地はなかろうて。檀那さんとわしの取引はもう成立したようなもんじゃ。命あるから生きるのか、命のために生きるのか、考えている余裕はないんじゃからのう。さて、檀那さん、わしと取引なさりますかのう。」

「御老人、今さら私に何か言えるでしょう。今の私に選択の自由など全くありはしないのですから。」

と、国広は憮然として答えた。

「うひょひょ。わしとの取引が成立したということじゃ。檀那さん、どういう取引か想像出来ますかのう？」

と、老婆はずるそうな眼つきで言った。

「私には想像する自由はありません。」

「そういうことじゃ。」

安川は老婆と国広の会話を好奇心を抱きながら眺めていた。一体国広と老婆の間にどんな取引が成立するのだろう。老婆は鼻の下を右手で擦った。そうして、国広を頭のてっぺんから足の先まで何度もじろじろ眺め廻した。国広が俎の上の鯉だと観念している様子を見て、満足そうな笑を浮かべた。

「檀那さん、覚えておいでかのう。檀那さんはわしに『本物の一万円』をくれましたなあ、どうじゃ思い出されましたかのう？」

「私との取引に何の関係があるのですか？」

「うひょひょ。檀那さん、時給一万円で、これこの小切手に書き込んだ檀那さんの労賃を、このわしに払い戻してもらいたいんじゃ。ほれこの通りの小切手分をのう。」

老婆はそう言いながら小切手で国広の顔を擦った。国広はその言葉を聞いて愕然とした。実際駱駝が針の穴を通るより難しい話ではないか。

しかし、どんな無理難題を言われたところで、何ひとつ反論する立場になかった。ただじっと自分の顔にささやかな往復びんたを繰り返してゆっくり遠ざかって行く一枚の小切手の行方を、両蓋を痙攣させながら眼で追うだけだった。

安川が老婆の方へ近付いて来た。そして、当然だと言わんばかりに右手をゆっくり老婆の方へ伸ばした。老婆は一介の哀れな『高齢者』に判決を下したと言わんばかりの顔つきで一瞥し、運命の小切手を安川の右手に接触させた。安川は重い紙袋でも掴むように、右手の全ての指を使って小切手を受け取った。小切手を掴んだ右手はゆっくりと安川の左の内ポケットの中へ消えて行った。そうして、また実にゆっくりとその右手が何事も無かったように、右腰脇に引き降された。全てが終ったのである。その時である。国広の眼が安川の右手から離れて老婆の顔へと移った。一瞬だけギラギラ輝いた国広の両眼が老婆を睨めつけて、次には床に目を向けた。

「ハッ、ハッ、ハッ、ハッ！」と、国広は甲高い乾いた声で笑い出した。

「檀那さん、何がそんなにおかしいのじゃ？」

と、老婆は呆気にとられた顔で問い正した。

「全ては終わったのですよ、御老人、それもあなた御自身の手によって、たった今。」

「その通りじゃ、全ては終わったのじゃ。それがどうしたと言うのじゃ。」

「本当に時給一万円返しで宜しいのですね、御老人？　それも私の怠慢な義務感によって。」

「なんじゃと⁉」

老婆は狼えた。

「そう、全ては終ったのですよ、御老人。私はこの存在を支える『意識』でこれから生きて参ります。いや意識というよりは怨念によって。私はただちにここを立ち去ります。」

と、国広はきっぱり言って、二人の前から姿を消した。

著者プロフィール

石倉　潤一（いしくらじゅんいち）

1953年北海道上磯郡上磯町に生まれる。
上智大学外国語学部英語学科卒業。
住友ゴム工業（株）入社。主に輸出畑を歩み、
1999年８月退社後、現在に至る。

此岸過ぎ迄

2000年12月１日　初版第１刷発行

著　者　石倉　潤一
発行者　瓜谷綱延
発行所　株式会社文芸社
〒112-0004　東京都文京区後楽2-23-12
電話　03-3814-1177（代表）
03-3814-2455（営業）
振替　00190-8-728265

印刷所　株式会社平河工業社

乱丁・落丁本はお取り替えします。
ISBN4-8355-1054-2 C0093